ein Ullstein Buch

In der Reihe der
Ullstein Bücher
herausgegeben von Erich Kästner

Heiterkeit braucht keine Worte
Band 1 (2821)
Band 2 (2837)

Heiterkeit kennt keine Grenzen
Band 1 (2827)
Band 2 (2855)
Band 3 (2870)

Heiterkeit in Dur und Moll
Band 1 (2900)
Band 3 (2954)

Ullstein Buch Nr. 2921
im Verlag Ullstein GmbH,
Frankfurt/M – Berlin – Wien

Für die Taschenbuchausgabe
neu eingerichtet

Umschlagentwurf: OTW

Mit Genehmigung des
Fackelträger Verlags, Hannover

Printed in Germany 1978
Gesamtherstellung:
Augsburger Druck- und
Verlagshaus GmbH
ISBN 3 548 02921 3

Heiterkeit in Dur und Moll

Deutscher Humor
gesammelt von Erich Kästner

Band 2:
Von Christian Morgenstern
bis Hermann Hesse

Mit 52 Karikaturen

ein Ullstein Buch

Eugen Croissant *Bücherquerschnitt*

Inhalt

Gedanken über das Lachen

Das Jahr schreibt das Wort Oktober an die Bäume. Die Nebel steigen. Die Blätter fallen. Und gerade jetzt soll ich erzählen, was ich vom Lachen halte! Überdies bin ich seit vier geschlagenen Wochen krank. Meine Temperatur steigt und fällt. Die Tage, der Mond und auch ich nehmen ab. Es ist arg. Ich sitze, geschmerzt und verdrossen, am Fenster, starre in den Regen, starre auf den Notizblock und denke bei mir: »Das trifft sich fein! Das Jahr schreibt Oktober, der Arzt schreibt Rezepte, und ich schreib' über die Heiterkeit in Wort und Bild! Ja, wenn wir Mai hätten und niemand wäre krank, in gar keinem Fall ich und höchstens der Arzt, dann hätte ich schon die rechte und leichte Laune für mein Thema! Aber so? Als Wrack im Lehnstuhl? Dazu ein Sturm, der die Fensterscheiben krumm biegt? Wo mir hundertmal eher nach Weinen als nach Lachen zumute ist? Gibt es denn weit und breit kein ernsteres Thema als ausgerechnet die Heiterkeit?«

Und während ich noch in mich hineinschimpfe, spüre ich, wie ich stutze und ruhiger werde. Mir ist wieder eingefallen, was ich zeitlebens gewußt habe: Es gibt tatsächlich kein ernsteres Thema als die Heiterkeit! Ich soll mich ja nicht an die Schreibmaschine setzen und herzlich lachen, das verlangt der Verleger nicht! Sondern ich soll übers Lachen nachdenken und darüber schreiben. Das gehört zu den ernstesten Sachen der Welt. Und so kann ich's ja, trotz Herbst und Schmerzen, versuchen.

Buster Keaton, Chaplin und Ninotschka

Es gab einmal, in der Stummfilmzeit, einen amerikanischen Schauspieler, der Buster Keaton hieß und genauso berühmt war wie Charlie Chaplin. Buster Keatons Ruhm und Welterfolg rührten daher, daß er nicht lachen konnte. Was auch, auf der Leinwand, rund um ihn geschah, was ihm oder anderen auch zustieß und wie sehr sich die Mitspieler und die Kinobesucher auch die Bäuche hielten, Buster Keaton verzog keine Miene. Es war nicht so, daß er sich das Lachen verbissen oder ein Lächeln verkniffen hätte, nein, ihm war scheinbar der Sinn fürs Komische so radikal fremd wie mir die chinesische Schrift. Ich kann nicht wissen, ob ich ein chinesisches Liebesgedicht, ein Todesurteil oder den Straßenbahntarif von Peking betrachte. Es läßt mich kalt.

Buster Keaton war, wenn das Wort erlaubt ist, lachblind. Und wenn dann das Publikum, das sich vor Gelächter bog, auch noch sein abgrundtief verwundertes Gesicht zu sehen bekam, den geradezu philosophisch forschenden, völlig verständnislosen und um Verständnis ringenden Blick, dann war es um die Leute in den Kinopalästen ganz und gar geschehen. Sie schrien und tobten vor Wonne und wären fast erstickt. So komisch, so grenzenlos komisch fanden sie es, daß es jemanden gab, der ein Mensch war wie sie und trotzdem nicht lachen konnte.

Daß sie eines Tages von Buster Keaton genug hatten und daß er in Hollywood als alternder Filmkomparse sein Leben fristete, steht auf einem andern Blatt. Bemerkenswert und, nach meiner Meinung, bewundernswert bleibt, daß das hintergründige Thema den Amerikanern keine Ruhe gelassen hat. Sosehr sie stets darauf aus sind, das Publikum mit allen Mitteln, auch mit den billigsten, zu erheitern — immer wieder einmal stellten sie auch das Lachen selber zur Diskussion, und gerade damit glückten ihnen unvergeßliche Szenen. Ich möchte nur an zwei klassische Beispiele erinnern: an Charlie Chaplins Heiterkeitsausbruch im Film »Zirkus« und an Greta Garbos Lachen in »Ninotschka«.

Das eine Mal sitzt der Landstreicher Charlie, während einer Probe im nahezu leeren Zirkuszelt, zwischen ein paar tödlich gelangweilten Managern des ambulanten Vergnügungsgewerbes. Die Clowns, denen man kündigen will und die das wissen, führen, mißmutig und resigniert, ihren uralten Manegenklamauk vor. Charlie hat Chancen, statt dieser abgetakelten und einfallslosen Routiniers engagiert zu werden. Und was tut er? Er lacht sich schief! Sogar die Clowns schütteln darüber den Kopf.

Das andre Mal sitzt die gestrenge, nach Paris entsandte russische Kommissarin, eben die Garbo als Ninotschka, in einem Nachtlokal. Ihr Partner, der ihr als Gegner und Liebhaber vorbestimmt ist, versucht dieser Frau, die nicht gelernt hat, was Lachen ist, wenigstens ein Lächeln zu entlocken. Er läßt alle Mienen springen. Es ist alles vergeblich. Die ideologisch geschulte Funktionärin bleibt, trotz ihrer Zuneigung, humorlos bis ans Herz hinan. Bis der Mann, vor lauter Eifer, sie zum Lachen zu bekehren, mit dem Stuhl hintenüberkippt und verdutzt am Boden sitzt. Da lacht sie! Da lacht Ninotschka zum erstenmal im Leben.

Eine Frau lacht zum erstenmal. Der Landstreicher Charlie lacht als einziger. Und Buster Keaton lachte nie. Dreimal packten Filmleute ein Thema an, dem die Professoren der

Philosophie, der Psychologie und der Ästhetik aus dem Wege gehen, seit es Professoren gibt und Wege, denen man aus dem Wege gehen kann.

Aristoteles und das lachende Tier

Columbus entdeckte Amerika, und der griechische Philosoph Aristoteles entdeckte den einzigen Unterschied zwischen uns Menschen und allen anderen Tieren. Er stellte fest, daß nur der Mensch lachen könne, und nannte ihn deshalb »das lachende Tier«. Wir können nicht alles, was manche Tiere können. Wir können zum Beispiel keine Eier legen. Und manche Tiere können nicht alles, was wir können. Die Fische können zum Beispiel nicht zu Fuß gehen. Doch zwischen der gesamten Tierwelt auf der einen und uns Menschen auf der anderen Seite gibt es nur den einen Unterschied: daß die Tiere nicht lachen können.

Ein einziges Mal im Leben, vor rund fünfzig Jahren, kamen mir Zweifel. Ich hatte damals beruflich, als Soldat, mit einem bösartigen Pferd zu tun. Ich mußte es striegeln und füttern und bürsten und satteln, und zum Dank dafür schlug es um sich und biß mich, daß ich in allen Farben schillerte. Einmal, als ich ihm die Hufe reinigte, erwischte mich ein Volltreffer. Ich fiel, halb ohnmächtig, in die Stallgasse, krümmte mich und sah, daß das Biest — lachte. Es blickte mich an, warf den Kopf hoch, wieherte und bleckte die Zähne, wie das sonst nur der französische Komiker Fernandel zustande brachte. Ich möchte heute noch wetten, daß der Gaul gelacht hat. Doch eine Wette, sogar eine gewonnene, hat wenig wissenschaftliche

E. O. Plauen

Beweiskraft. Und den großen Aristoteles könnte ich ja doch nicht überzeugen. Denn er ist seit einiger Zeit tot.
Seine Entdeckung ist unwiderruflich. Nur der Mensch vermag zu lachen. Und weil Buster Keaton als einziger Mensch nicht lachen konnte, lachten alle übrigen um so mehr. Wobei sie freilich wußten, daß sein Nichtlachenkönnen Kunst und Verstellung war. Sonst hätten sie nicht gelacht. Sonst wären sie erschrocken wie beim Erdbeben von Messina. Oder versteinert wie beim Anblick der Medusa. Wer unter uns nicht lachen und nicht lächeln könnte, der wäre ein Tier in Menschengestalt.

Wie und worüber lachen die Menschen?

Ich habe einmal, halb im Scherz, doch auch halb im Ernst, eine neuartige Methode aufgezeigt, die Charaktere der Menschen zu ergründen. Sie entspräche, vorausgesetzt, daß sich jemand der Anregung bediente, etwa einer Disziplin wie der Graphologie. Es scheint, für geschulte Leute und bis zu einem gewissen Grade, möglich zu sein, die Charaktere aus den Schriftzügen zu deuten. Für mindestens so aufschlußreich, und oft genug für geradezu entlarvend, hielte ich die genaue Erforschung des Lachens. Wie jemand über gewisse Dinge und unter gewissen Voraussetzungen lacht, so ist er! Da helfen keine Versteckspiele. Da »hört« man den wahren Charakter! Sogar den Namen für die hoffnungsvolle, aus Kunst und Wissenschaft, aus Scharfsinn und Feingefühl zu entwickelnde Methode habe ich bereits erfunden. Sie nennt sich »Lachkunde«. Das ist freilich mein einziger, mein erster und letzter Beitrag zu dieser epochalen Erfindung. Die Details und den Ruhm überlasse ich den Nachfolgern.
Daß unter allen Lebewesen nur der Mensch lacht, wissen wir nun, und daß die Menschen auf recht verschiedene Art und Weise lachen, sogar bei derselben Gelegenheit, glauben wir zu wissen. Die nächste Frage lautet: Worüber lacht der Mensch? Die Frage öffnet den Blick auf ein weites Feld, und wer es sich näher betrachten will, muß feste Stiefel anziehen. Denn das Feld ist wüst und wirr und unbeackert, bei uns zulande ganz besonders.
Wollte ein Sammler alle die Bücher zusammenstellen, die über das Tragische geschrieben worden sind, brauchte er einen Häuserblock. Für die Bücher über das Komische genügt ein winziges Zimmer. Immer und rastlos hat man sich mit der

Kummerseite des Lebens und mit ihrem düsteren Abglanz in der Kunst beschäftigt, aber fast nie mit den goldenen Geheimnissen der Heiterkeit, fast nie mit dem vertrackten Lächeln der Ironie, fast nie mit dem zornigen Gelächter der Satire und fast nie mit der Zauberkugel der Weisheit, dem Humor. Der Dünkel der Denker bevorzugte stets das Dunkel. Denn nur im Dunkeln sah man ihr kleines Licht leuchten. Im Sonnenschein hätte man sie samt ihren Laternen ausgelacht. So scheuten die klugen Herren das große Licht, das klare Denken bei Tag und die Ergründung des Frohsinns.

Worüber lacht der Mensch? Er lacht, wenn man ihn kitzelt, und manch einer soll sich dabei wortwörtlich totgelacht haben. Oder er lacht, wenn er andere lachen hört, obwohl er nicht weiß, worüber sie lachen. Von diesen geist- und gemütlosen Spielarten des Lachens soll hier nicht die Rede sein, obgleich erst neulich von der zweiten Sorte, vom »ansteckenden« Lachen, in den Zeitungen wieder einmal die Rede war. Ein amerikanischer Professor hat eine Grammophonplatte in den Handel bringen lassen, auf der aus voller Brust gelacht wird. Die Wirkung der »Lachplatte« auf Gemütskranke, auf unglücklich Verliebte, auf trauernde Hinterbliebene, auf seit längerem Bettlägerige, auf abgehetzte Großstädter und Leute mit Minderwertigkeitskomplexen wird außerordentlich gepriesen. Der Arzt schreibt aufs Rezept »Lachplatte Nr. 5, zweimal täglich, nach den Mahlzeiten«, der Patient geht in die Apotheke, kauft die Platte und lacht sich zu Hause gesund. Er braucht keine Selbstbeherrschung mehr, keine Geselligkeit, kein Theater und keine Bücher. Er legt die Platte auf und läßt sich anstecken, basta!

Im Ernst, worüber lacht der Mensch, wenn sein Verstand und sein Herz bei der Sache sind? Das ist rasch gesagt: Er lacht über Kontraste! Er wird nicht über jeden Kontrast lachen. Doch sooft er lacht, wird ein Kontrast der Anlaß sein, und es ist gleich, ob er diesen »Zusammenstoß zweier Gegensätze« im Theater oder auf der Straße, beim Betrachten einer satirischen Zeichnung oder beim Lesen eines Romans erlebt. Es ist auch gleichgültig, ob der komische Kontrast zufällig oder unfreiwillig oder höchst kunstvoll entstanden ist.

Man lacht über Malvolio in »Was ihr wollt«, wenn er Olivia umgirrt, weil man ihm eingeredet hat, sie liebe ihn. Man lacht über Olivia, die von dem Streiche nichts weiß und Malvolio für verrückt hält. Man lacht über Gustav Meyrinks Löwen Alois, der als Lamm unter Lämmern lebt. Man lacht über den Hund, der, weil er Soldaten nicht leiden kann, den Briefträger beißt. Man lacht über Komiker, die im Film versehentlich in Unterhosen zum Diner gehen oder sich, beim Stelldichein nachts im Hotel, in der Zimmernummer irren. Man lacht bei Shakespeare, aber auch über Witze, worin alberne Neureiche Fremdwörter verwechseln. Man lacht bei Mark Twain und Daumier, doch man lacht auch über das hochnäsige Gesicht eines Dandys auf der Straße, der nicht merkt, daß an seinem Hut noch immer eine Garderobenmarke steckt.

Man muß nicht jedesmal lachen. Über dicke Komiker, die den Speisesaal in Unterhosen betreten, lache ich seit meinem achten Lebensjahr nicht mehr. Doch sooft man lacht, lacht man über einen Kontrast! Und wer, bei einem Witz oder bei feinster Ironie, den Kontrast nicht merkt, bleibt notgedrungen ernst.

Die Vorschule der Ästhetik

Einer der wenigen großen Deutschen, die ernstlich über das Lachen und über das Komische nachgedacht haben, und wahrscheinlich unser gründlichster und leidenschaftlichster Denker dieser Art starb im Jahre 1825! Ich meine Jean Paul, den Dichter des »Titan« und des »Siebenkäs«, der »Flegeljahre« und des »Schulmeisterlein Wuz«. Das kunstphilosophische Werk, worin er die Früchte vom Baum seiner Erkenntnis sammelte, heißt »Die Vorschule der Ästhetik«, und in den wichtigsten Kapiteln des Buchs ist gerade von Witz, Scherz, Laune, Satire, Ironie und, auf unvergleichliche Weise, vom Humor die Rede.

In der »Untersuchung des Lächerlichen«, womit er das Komische meint, unterscheidet er zwischen dem »Lächerlichen der Lage« und dem »Lächerlichen der Handlung«. Er unterscheidet den »objektiven Kontrast« und den »subjektiven Kontrast«. Er schreibt: »Der Unterschied wird sich erst mehr erheben, wenn wir ... Satire, Humor, Ironie, Laune prüfen und scheiden.« Und er prüft und scheidet sie. In meinem Vorwort ist weder Ort noch Zeit, auf Jean Pauls Analysen einzugehen. Doch auf das Buch hinzuweisen, scheint mir unerläßlich. Es hat mir, als ich Student war und Schriftsteller werden wollte, viel bedeutet. Und es hat auch heute, nicht nur für Studenten und junge Schriftsteller, an Bedeutung um keinen Millimeter eingebüßt. Es ist nur in Vergessenheit geraten.

»Der Humor ist das umgekehrte Erhabene«, steht in dem Buch und: »Der Humor ist der komische Weltgeist«, und »Der Humor vernichtet nicht das einzelne, sondern das Endliche durch den Kontrast mit der Idee ... weil vor der Unendlich-

Sehnsucht.

E. Kirchner.

keit alles gleich ist und nichts.« So steht Jean Pauls »moderner Mensch« unterm Sternenhimmel, und so begleitet ihn der Humor, »oft mit der tragischen Maske, wenigstens in der Hand«. Die »Vorschule der Ästhetik«, so berichtet der Herausgeber der umfangreichen kritischen Gesamtausgabe, Eduard Berend, wurde »mit Recht in der Cottaischen Ausgabe seiner Werke an die Spitze gestellt und beim Begräbnis des Dichters seinem Sarge vorangetragen«. Nun, für Jean Paul, der den Satz geschrieben hat: »Es gibt einen Ernst für alle, aber nur einen Humor für wenige«, gab es keinen sinnvolleren ersten Kranz auf dem letzten Weg!

Die einäugige Literatur und die blinde Kritik

Jean Paul war ein weißer Rabe, ja er war, wie es als Wappentier den Doppeladler gibt, unser weißer Doppelrabe. Er schrieb komische Romane, und er schrieb über das Komische. Beides, die Praxis und die Theorie, ist in der deutschen Sprache arm dran. Den Humor und seine kleineren Geschwister, also die Komik, die Satire, die Groteske, die Parodie, das Burleske, die Ironie und die naive Heiterkeit, gibt es bei allen Völkern und bei wenigen Menschen, in allen Literaturen der Welt und sehr selten. Am rarsten jedoch ist der Humor in der deutschen Literatur. Und in der deutschen Literaturgeschichte und Literaturkritik ist man darauf stolz!

Die Literatur eines zu Recht angesehenen Kulturvolks hat auf der einen Seite Tausende von Tragödien, Schauspielen, Epen, Erziehungsromanen, Meisternovellen, Oden, Hymnen, Sonetten und Elegien — und auf der anderen und halbleeren

Seite unseres Hauptbuchs ängstigen sich eine Handvoll Komödien und Lustspiele, die Aphorismen Lichtenbergs, ein paar Romane Jean Pauls und von Gottfried Keller, der ein Schweizer war, ein Quentchen heiterer und frecher Lyrik und schließlich einige Prosameister der Miniatur. Diese Meister nennt man gönnerhaft »Vertreter der kleinen Form«, und mit dem höchsten Ehrentitel, mit dem krönenden Wort »Humorist«, bezeichnet man Klamottenfritzen, die, in Amüsierlokalen und in zu knappen Jacketts, unappetitliche Witze von sich geben.

Das ist schlimm. Doch es ist noch nicht das schlimmste. Haben Sie einmal auf deutschen Universitäten Literaturgeschichte und Ästhetik gehört? Bücher von Professoren, Kritikern, Dramaturgen und ähnlich erwachsenen Männern gelesen? Mit Tiefdenkern gesprochen? Nein? Seien Sie froh. O diese Wichtigtuer und Wichtigtunichtgute! Sie schreiben und sprechen von tragischen Konflikten, vom Ödipuskomplex, vom epischen Drama, von der Metaphysik des Nichts und vom Einbruch des Absoluten, daß Ihnen Hören und Sehen vergeht! Aber von der heiteren Kunst, dem höchsten Kleinod der Zweibeiner, sprechen die deutschen Dichter und Denker und vor allem die Hinterdreindenker allenfalls am 29. Februar. Sie nehmen nur den Ernst ernst. Sie stehen wie Kontrolleure am Eingang des deutschen Pantheons, und wer hinein will, muß das Lachen an der Garderobe abgeben. Die deutsche Literatur ist einäugig. Das lachende Auge fehlt.

Der auf Heiterkeit verächtlich hinunterblickende Hochmut unserer Dichter und Eckermänner wirkt sich, Böses fortzeugend, täglich und überall aus. Der Regisseur inszeniert als nächstes Stück »nur« ein Lustspiel. Der Verleger bringt im Herbst von seinem Spitzenautor »nur« ein leichtes, heiteres

Buch heraus. Der Filmproduzent geht diesmal »nur« mit einer Filmkomödie ins Atelier. Der Redakteur arbeitet »nur« an einer humoristischen Zeitschrift. Der Schauspieler tritt »nur« im Kabarett auf. Und der Kapellmeister wird das nächste Mal »nur« eine Operette dirigieren. Wer einwenden wollte, das »Nur« bezöge sich lediglich auf die meist mindere Qualität der leichten Kunst und Ware, dem müßte ich erwidern: Unsere Tragödien und Elegien von gestern und heute taugen im Durchschnitt genauso wenig, und man nimmt sie trotzdem wichtig. Nein, der dem Heiteren entgegengebrachte Standesdünkel ist uns angeboren und wird gepflegt, als sei er eine Tugend. Die Literatur ist einäugig. Die Kritik ist blind. Und bei uns ist nicht der Einäugige unter den Blinden, sondern der Blinde unter den Einäugigen König.

Heiterkeit in Dur und Moll

Die Zwerge hielten Gulliver für einen Riesen, und die Riesen hielten Gulliver für einen Zwerg. Dabei war er weder ein Zwerg noch ein Riese, sondern ein Mensch. Seine Abenteuer ergaben sich nicht daraus, daß er wuchs und schrumpfte. Er blieb in all der Zeit gleich groß oder, wenn man will, gleich klein. Er blieb ein Mensch von normaler Länge. Wie groß oder wie winzig er sich fühlte, lag am Kontrast. Er veränderte sich nicht wirklich, sondern im Wesen: Er lernte, über sich zu lachen.

Wer das nicht kann oder lernt, ist übel dran. Wer sich immer ernst nimmt, nimmt sich immer zu ernst. Er hält sich für den Nabel der Welt und macht, da das nicht stimmt, sich und der

Welt das Leben schwer. Dies gilt nicht nur für den einzelnen, sondern, viel ärger noch, für ein ganzes Volk. Daß, beispielsweise, unser deutscher »tierischer« Ernst, im Verlauf der Politik und Geschichte, wiederholt und in steigendem Maße zu nichts Gutem führen konnte, bedarf keines Beweises. Wir alle wissen es, und zwar nicht aus dem Lexikon.
Was tun? Wie soll man uns zum Humor »umerziehen«? Ein ganzes Volk, dessen Erzieher, Richter, Dichter, Pfarrer, Minister, Partei- und Museumsführer nur sonntags Sinn für Humor haben? Und die sich noch etwas darauf einbilden? Helfen da Bücher? Hilft da ein Buch? Eine Sammlung von Prosa und Versen und Zeichnungen, eine Sammlung, die uns beweist, daß die einäugige Literatur auch im 20. Jahrhundert gelegentlich geblinzelt hat? Und daß sie ab und zu noch immer blinzelt? Acht Fragezeichen, eine einzige Frage und keine gescheite Antwort.

Erich Kästner

WILHELM BUSCH

Stammbuchvers

Wo du bist und wo ich sei,
Ferneweg und nahebei —
Überall und auch indessen
Werd' ich deiner nicht vergessen.

Dein gedenk' ich, still erfreut,
Selbsten in der Einsamkeit —
Ja, im dicksten Publikum
Schwebt mein Geist um dich herum.

Der neidische Handwerksbursch

Das Hähnerl hier ist für den Dicken.
Der Handwerksbursch fühlt Magenzwicken.

Die Zeitung ist oft intressant.
Ein Hähnerl nimmt man gern zur Hand.

Die Politik ist sehr belehrend.
Der Wohlgeruch ist manchmal störend.

Der Dicke schmaust, es perlt der Wein;
Der Handwerksbursch schaut neidisch drein.

Der Handwerksbursche, unverwandt,
Vertieft sich in den Gegenstand.

Auch das noch! — Es ist unerträglich! —
Er flötet so leger als möglich.

Der Dicke schlürft mit viel Gefühl,
Dem Handwerksburschen wird es schwül.

Er zahlt drei Kreuzer sehr verlegen,
Stolz nimmt sie der Herr Wirt entgegen.

Drei Taler zahlt der gnäd'ge Herr.
Da ist der Wirt schon höflicher. —

Die Sonne brennt, der Staub, der weht,
Der Dicke fährt, der Dünne geht.

Der Handwerksbursche, froh und frei,
Ruht sanft im duft'gen Wiesenheu.

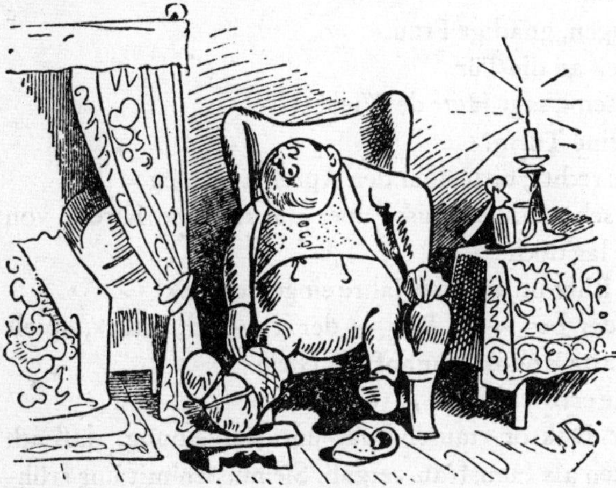

Der Dicke aber — »autsch! mein Bein!« —
Hat wieder heut das Zipperlein.

Detlev von Liliencron

Die Spieluhr

Vor einigen Jahren besuchte ich eine junge Dame, die ich eine lange Zeit nicht gesehen hatte. In ihrem väterlichen Hause hatte ich manche frohe Stunden verlebt. Nun traf ich sie wieder als verheiratete Frau. Sie war nach dem Tode ihrer Eltern mit ihrem Gatten in das ererbte Haus gezogen. Dort machte sie mich mit ihrem liebenswürdigen Eheherrn bekannt. Wir unterhalten uns von dem, von diesem, wie's so geht. Als ich mich verabschieden will, tritt Frau de Wiele zu mir: »Sie müssen sich von der Gartensaaltür aus die Landschaft wieder betrachten. Ich erinnere mich, wie gerne Sie von dort in die Ferne schauten.«

»Mit Vergnügen, gnädige Frau.«

Wir drei gehen an die Tür.

»Das ist Grösen«, sagt Herr de Wiele.

»Der rote kleine Turm?«

»Nein, etwas rechts; bitte über den Apfelbaum weg.«

»Ah ja, ich sehe. Ich vermisse aber die hübsche Kirche von Kampen. Sie lag doch . . .«

»Die hat der Blitz im vorigen Jahre eingeäschert.«

»Du bis — der bes — te Bru — der a — uch nicht«, spielt plötzlich die alte Rokokouhr auf der Diele.

Frau de Wiele errötet leicht:

»Aber, Herr Doktor, tausendmal um Verzeihung, daß ich meine Pflichten als Hausfrau vergaß. Sie müssen mit uns frühstücken.«

. . . und die junge Frau ist verschwunden.

Mir fiel da, plumps wie der Stein in den Teich, eine kleine, hübsche, unschuldige Geschichte ein.
Bald saßen wir am Frühstückstisch. Frau de Wiele ist heiter wie vorhin. Die Röte ist längst verflogen.
Auf dem Nachhausewege mußte ich einmal vor mich hin lächeln: Frau de Wiele, wie sie noch ein junges Mädchen war, und ich hatte einmal in schwüler Mittagsstunde in der Gartensaaltür gestanden. Ich entsann mich, daß aus der nun abgebrannten Kirche von Kampen just die Jahrmarktsfahne ausgehängt wurde und daß wir das beobachteten.
Es war so still.
Das hübsche, schlanke Mädchen lag, weiß der Kuckuck, wie's kam, an meiner Schulter.
Es war so still.
Meine rechte Hand umfaßte, weiß der Kuckuck, wie's kam, ihr Gürtelband.
Es war so still.
Wir küßten uns.
»Du bis — der bes — te Bru — der a — uch nicht«, spielte plötzlich die alte Rokokouhr.

„ES WAREN ZWEI KÖNIGSKINDER
DIE HATTEN EINANDER SO LIEB
SIE KONNTEN ZUSAMMEN NICHT KOMMEN
DAS WASSER WAR VIEL ZU BRIED."

Christian Morgenstern

Das Gebet

Die Rehlein beten zur Nacht,
hab acht!
Halb neun!
Halb zehn!
Halb elf!
Halb zwölf!
Zwölf!
Die Rehlein beten zur Nacht,
hab acht!
Sie falten die kleinen Zehlein,
die Rehlein.

Reh: *Cervus capreolus L.*, aus der Familie der Hirsche, 1,25 m lang, bis 30 kg schwer, in Europa bis 58° nördlicher Breite, auch in Asien. Vgl. Dombrowski (1876), Eulefeld (1896).

Möwenlied

Die Möwen sehen alle aus,
als ob sie Emma hießen.
Sie tragen einen weißen Flaus
und sind mit Schrot zu schießen.

Ich schieße keine Möwe tot,
ich laß sie lieber leben —
und füttre sie mit Roggenbrot
und rötlichen Zibeben.

O Mensch, du wirst nie nebenbei
der Möwe Flug erreichen.
Wofern du Emma heißest, sei
zufrieden, ihr zu gleichen.

Zeile 1 und 2: Eine Erfahrung, die sich jedem aufdrängt, sobald er eine Möwe daraufhin betrachtet.
Zeile 9 und 10: Man wende hier um Himmels willen nicht das Luftschiff ein. Höchstens den — Engel.

FRANK WEDEKIND

Der Verführer

Es ist wohl möglich, daß sich die Gunst eines jeden Mädchens ohne Ausnahme gewinnen läßt. Aber leicht wird es nicht immer. Die Hauptsache ist, daß man den richtigen Weg einzuschlagen versteht. — Die übrigen Herren des intimen Freundeskreises lauschten in gespanntester Erwartung.
Es war am 15. Juni im Jahre 18 . ., fuhr der Sprecher fort, als ich gegen Abend zu Tante Mathilde hinauskam und sie mir mitteilte, daß tags zuvor ihre Tochter Melanie von Brüssel zurückgekommen sei. Wir hatten kaum eine Viertelstunde geplaudert, als Melanie mit dezidiertem Schritt, ohne durch meine Anwesenheit überrascht zu sein, leicht errötend ins Zimmer trat. In körperlicher Beziehung hatte sie ungemein gewonnen, seit ich sie nicht gesehen. Ihre Taille war schmal geblieben, ebenso die Schultern, aber die Hüften und besonders die Formen des Korsetts fielen mir durch ihre majestätischen Linien auf. Mit dem Ausdruck unnahbarer Würde und einem eisigen Lächeln auf den Lippen reichte sie mir ihre geschmeidige kleine Hand und nahm auf einem schmalen Tabourett Platz, auf dem sie wie auf einem Isolierschemel saß und von dem aus sie mich mit Blicken maß, von denen ich mich wie von kleinkalibrigen Gewehrkugeln durchlöchert fühlte. Ich schlug die Augen nieder und wendete meine Bemerkungen über Brüssel und die Großstädte im allgemeinen fast ausschließlich an Tante Mathilde, die mich, nachdem wir noch etwa zehn Minuten gemütlich geplaudert, mit ihrer Tochter allein ließ. — »Wie wäre es, Herr Doktor, wenn wir

einen Gang durch den Garten machten?« sagte Melanie, um das peinliche Schweigen zu brechen, das, nachdem sich Tante Mathilde entfernt, zwischen uns obwaltete. Ich bot ihr meinen Arm und führte sie in den stockdunklen Garten hinaus, alle drei Schritte ein Streichholz anzündend, in der Befürchtung, wir möchten gegen einen Baum anrennen oder in die Johannisbeersträucher geraten, bis mir meine Cousine mit einer unvorsichtigen Geste die Schachtel aus der Hand schlug und mich hinter sich her in eine der Lauben zog, die zu beiden Seiten des Weges lagen.

Nachdem wir uns auf der breiten hölzernen Bank mit ziemlicher Mühe zurechtgetastet, nahm sie meine Hand in die ihrige, neigte sich mit ihrem Oberkörper über mich, die Lippen dicht vor meinem Gesicht, so daß ich ihren Atem spürte, und fragte mich, woran ich denke. »An die griechischen Inschriften auf den Denkmälern im westlichen Kleinasien«, entgegnete ich, worauf sie meinte, ich hätte einen stark ausgeprägten sinnlichen Ton in der Stimme. Ich erklärte ihr aber, daß das Altgriechische, welches auch keine Ursprache, sondern durchaus Kultursprache sei, doch auf unsere modernen Sprachen, zumal auf die, die wir sprechen, den schwerwiegendsten Einfluß ausgeübt habe, indem es durch die mit altgriechischen Inschriften bedeckten historischen Denkmäler gewirkt. So unterhielten wir uns noch eine Weile, dann fühlte ich ein Frösteln und begleitete Melanie, in der Befürchtung, wir möchten uns beide erkälten, ins Wohnzimmer zurück.

In den darauffolgenden Tagen beschäftigte ich mich mehr mit ihr, als ich erwartet hatte, und beschloß schließlich, da mir der Gedanke an ihren klassisch modellierten Körper keine Ruhe mehr ließ, sie für mich zu erobern.

Drei Tage später traf ich sie wieder bei Tante Mathilde. Es

war drei Uhr nachmittags, und die Tante schlief. Mit Gewalt oder Heftigkeit, das wußte ich im voraus, erweckte ich nur Empörung; ich mußte also vorsichtig sein. Melanie trug ein Kleid, wie man es bei heißer Jahreszeit nicht leichter tragen kann, in hellgrüner Seide und so weit, daß es sie wie ein Hemd umflatterte. Über den Schultern war es durch zwei schmale Streifen gehalten. Sie streckte sich auf der Chaiselongue aus und lud mich ein, auf dem Fußende Platz zu nehmen. Dann hakte sie die zwei obersten Haken auf, um, wie sie sagte, besser atmen zu können. Sie schien auch in der Tat sehr unter der Hitze zu leiden, indem ihre Wangen hochgerötet waren und sie kaum einen Augenblick ruhig liegen konnte.

Ich versuchte das Menschenmöglichste. Ich brachte das Gespräch auf Kleopatra, auf den Frühling, auf Tanzunterhaltungen, ohne dem Mädchen mehr als ein stummes, überlegenes Lächeln zu entlocken. Schließlich nahm ich sogar einen Pantoffel, der ihr zufällig vom Fuß gefallen, und führte ihn an meine Lippen. Dabei kajolierte sie mir mit ihrem Fuße zuerst die Hände und dann das Gesicht. Wenn sie gewußt hätte, welch höllische Marter mir das verursachte, in welchem Orkan die Leidenschaften in mir tosten und brandeten! Aber sie lag da, so vertrauensselig, als hätte sie ein neugeborenes Kind neben sich. Ihre Lippen öffneten und schlossen sich wieder, ihre feine rote Zunge wurde zwischen den blanken Zähnen sichtbar, aber keine Spur von Verständnis für meine Taktik. Mir wurde auf meinem schmalen Sitzplatz zumute wie Napoleon auf St. Helena; und als ich das herrliche Weib nach zwei Stunden vergeblich aufgebotener Liebesmühe verließ, fragte ich mich trostlos und niedergeschlagen, wie die Natur ein solches Wesen schaffen könne, ohne ihm einen Funken menschlichen Gefühls einzuhauchen.

Am nächsten Tage überraschte sie mich mit der unvermittelten Frage, ob ich schon einmal geliebt habe. Ich hatte meinen Feldzugsplan von Grund aus umgestaltet und wußte nicht, ob ich mit Ja oder Nein antworten sollte. Ich hatte mir vorgenommen, sie gar nicht anzusehen und auf diese Weise ihre Eitelkeit zu kitzeln, sie zu demütigen und mich um so begehrenswerter zu machen. Tante Mathilde war zu einer Kaffeegesellschaft ausgefahren, wir suchten den kühlsten Ort des Hauses auf und gelangten in einen kleinen, runden, hochgewölbten Gartensalon, in dem außer einem alten rotsamtenen Diwan nur gerade noch eine breite Fächerpalme Platz hatte. Hier, abgeschlossen von der ganzen Welt, erzählte ich ihr meine Geschichte.

Bele Bachem

Nie in meinem Leben habe ich eine aufmerksamere Zuhörerin gefunden. Als ich auf die Katastrophe zu sprechen kam, wie das Mädchen, das ich aus tiefster Seele geliebt, mit einem Handelsreisenden nach Amerika durchbrannte, durchfuhr ihren Körper ein leises Zucken. Ich sah meinen Seelenschmerz von damals in ihren Blicken widergespiegelt. Ich begann zu hoffen, daß ich mich in ihrer Beurteilung geirrt. Da geschah etwas Unvorhergesehenes. Augenscheinlich hatte sie in ihrer Erregung das Knie zu fest an die Kante des Diwans gepreßt. Dadurch war die Schnalle ihres Strumpfbandes aufgesprungen, und das Strumpfband fiel zu Boden. Ich hob es auf und überreichte es ihr. Darauf folgte längeres Schweigen. Dann, ohne sich weiter vor mir zu genieren, streifte sie ihr Kleid etwas auf und befestigte das Strumpfband unter dem Knie. Sie trug seidene Strümpfe. Wäre ich in Gedanken nicht bei meiner ersten Liebe gewesen, wer weiß, wozu mich die Arglosigkeit hingerissen hätte. Aber auch so vermochte ich meiner Empfindung nicht völlig Herr zu bleiben. Ich beugte mich nieder über den dunklen Lockenkopf und hauchte ihr einen Kuß auf die weiße Stirn. Aber da fühlte ich, wie sie mich mit dem kleinen Finger zurückstieß, in ihren Blicken lag etwas wie scheue Furcht, ein Schrei drängte sich auf ihre Lippen, den sie nur mit Mühe zurückhielt. Ich nahm meinen Kopf in beide Hände und stürzte wie wahnsinnig zum Hause hinaus.

Es wird mir ziemlich schwer werden, die Zeit, die diesen Ereignissen folgte, mit kühlem Blut zu beschreiben. Sie endete mit den qualvollsten Seelenkämpfen, die ich durchgemacht und die ich um die Inschriften von ganz Athen nicht zum zweitenmal durchmachen möchte. Nachdem ich mich zur Genüge davon überzeugt hatte, daß all meine Diplomatie und Feldherrnkunst an dem Mädchen verloren war, beschloß ich,

sie zu vergessen und meine gute alte Tante Mathilde während ihres Aufenthaltes nicht mehr zu besuchen. Aber das gelang nicht. Und nun begann ich den frivolen Absichten zu fluchen, die mich dazu verleitet, die schöne Herzlose meiner Bemühungen zu würdigen. Um mich zu zerstreuen, suchte ich Cafés und Bierhöhlen auf, wo ich oft bis nach Mitternacht in Gesellschaft angehender Künstler saß, denen nichts auf dieser Welt mehr heilig war, deren jeder seine zehn bis zwanzig Mädchen zu Herzensfreundinnen hatte und von denen man in einer Nacht mehr lernen konnte, als ein Mann in geordneten Verhältnissen in einer fünfzigjährigen Ehe lernt.
Nach einigen Tagen zog es mich doch wieder wie an einer Schlinge zum Landgut hinaus. Melanie empfing mich im Salon, das heißt, eigentlich empfing sie mich nicht. Sie saß am Fenster und stickte. Nicht eines Blickes würdigte sie mich, und die Blicke, die sie zum Fenster hinauswarf, waren so gereizt, so enerviert, so unfreundlich, daß ich die herrliche Landschaft beinah mehr als mich selbst bedauerte. Sie bat mich, ihr doch noch einige altgriechische Inschriften zu zitieren. Ich suchte in meinem Kopf, wie man eine Kommode durchsucht, aber meine Gelehrsamkeit war weggeblasen. Ich fühlte mich so beschämt, daß ich meinen Hut nahm und nach Hause ging.
Als ich wiederkam, traf ich sie mit Tante Mathilde zusammen. In der Zwischenzeit hatte ich nicht eine Nacht mehr geschlafen. Ich bat Melanie, mit mir in den Garten hinauszukommen, in die Taxuslaube oder in die Jasminlaube, aber sie sagte, es wäre ihr zu dunkel; sie fürchte, mit dem Kopf an einen Baumstamm zu stoßen, wenn sie mit mir ginge. Ich war zerknirscht. Drei Tage und Nächte lief ich mit dem Gefühl durch die Straßen, als ob mir ein Schmiedehammer das Herz bearbeitete. Ich sah Grün, Blau, Rot vor den Augen. Die Men-

schen, die mir begegneten, machten einen Bogen um mich herum. Wer mir unversehens unter den Hut sah, fuhr erschreckt zusammen, und meine Kleider schlotterten mir am Leib, als hätte ich sie vom Hausierer erstanden. Ich wurde binnen einer Woche um drei Pfund leichter.

Am Sonntag schleppte ich mich noch einmal mehr tot als lebendig hinaus und traf Tante Mathilde allein. Ich griff unwillkürlich nach einer Stuhllehne, als sie mir eröffnete, Melanie sei bei einer Freundin in der Stadt. Dann unterhielt ich die kindische alte Frau eine Stunde lang mit schalen Anekdoten, was ich früher mit Vergnügen getan hatte und was mir jetzt eine Galeerenarbeit war. Nachdem ich mich verabschiedet, steckte ich im Vestibül den Hausschlüssel in die Tasche, ich wußte nicht, warum. Von dem Moment an weiß ich überhaupt von keiner meiner Handlungen mehr das Wie und Warum. Ich war zum Nachtwandler geworden. Kurz vor Mitternacht erwachte ich vor der Haustür des Landhauses, ohne zu wissen, wie ich hergekommen. Eine Stunde später erwachte ich wieder und stand noch an demselben Fleck. Mir war, als stände jemand hinter mir und stieße mir unaufhörlich mit dem Knie in den Rücken. So öffnete ich schließlich, tastete mich die dunklen Treppen hinan und pochte, ohne der Gefahr zu gedenken, der ich mich dabei aussetzte, an ihre Kammertür.

»Wer ist da?« hörte ich ihre Stimme.

»Ich bin es!« — Meine Knie schlotterten.

Keine Antwort.

Ich flehte, ich beschwor sie, ich ließ die Türklinke nicht mehr aus der Hand, aber alles blieb still. So stand ich fünf lange Stunden, bis es auf der Treppe hell zu werden begann. Dann schlich ich mich durch den Garten nach Hause und verbrachte den Tag in dumpfem Hinbrüten. Die körperlichen Bedürfnisse, Essen, Trinken, Schlafen, existierten für mich nicht mehr.

In der folgenden Nacht wiederholte ich die Szene, nur mit dem Unterschied, daß ich während der fünf Stunden weinte und winselte wie ein Kind.

Das hinderte mich nicht, in der dritten Nacht wieder vor ihrer Tür zu sein. Es gab für mich nur zwei Eventualitäten: zu ihr gelangen oder sterben. Wer beschreibt mein Erstaunen, als die Tür dem Druck meiner Hand nachgibt. Es war der reine Zufall, denn kaum war ich eingetreten, als sich das Mädchen hoch aufrichtet und mir im Flüsterton, aber mit unerbittlicher Strenge befiehlt, ihr Zimmer zu verlassen; das letzte und größte Hindernis, ihr Mädchenstolz, ihre persönliche Gegenwehr, die es noch zu überwinden galt. Mich wunderte nur, daß sie nicht aus vollem Hals um Hilfe schrie. Um so unverhohlener gab sie ihrem Schreck und ihrer Empörung mir gegenüber Ausdruck. Sie nannte mich einen unverschämten Menschen, einen Schurken, einen schamlosen Wüstling. Umsonst, sie hatte den Mut eines Verzweifelten gegen sich. Ich brauche nicht mehr zu sagen. Ihre körperlichen Kräfte, ein so herrliches Weib sie war, waren den meinen nicht gewachsen. Ich war Sieger.

Deshalb, meine lieben Freunde, sage ich euch: Es ist möglich, daß sich die Gunst eines jeden Mädchens erringen läßt, aber so leicht geht es nicht. Die Hauptsache ist, daß man den richtigen Weg einzuschlagen versteht.

»Haben Sie denn den Weg noch öfter erprobt?« fragte einer der Anwesenden.

Nein. Ich tat es auch das eine Mal nicht aus Frivolität, sondern aus psychologischem Interesse. Und wie ich denn ein

Mann von Grundsätzen bin, gelang es mir auch später, ihre Zuneigung in dem Grade zu gewinnen, daß sie sich, teils durch Vernunftgründe, teils durch Schmeichelworte, dazu bewegen ließ, meine Frau zu werden.

»Um Himmels willen, Erich, wo bist du?«

Manfred Limmroth

Olaf Gulbransson
Ludwig Thoma

LUDWIG THOMA

Das Volkslied

Es erwachte damals die Freude am Volkstum, und man konnte überall recht wohl den Drang bemerken, sich von echten, kleinsten Zügen der Volksseele zu überzeugen und sie in gehaltvollen und gewundenen Sätzen wiederum zu schildern. Neben Wortprägungen, die mit Heimat, Scholle, Erde, Erdgeruch wackere Zusammenhänge fanden, begegnete man herzig-schlichten Romanen, die als Aufgüsse über den würzigen Bodensatz Gottfried-Kellerscher Getränke Farbe und Geschmack annahmen, und begegnete auch heimatliebenden, von jeder peinlichen Tendenz abgekehrten Schulaufsätzen, welche man ehedem Feuilletons genannt hatte. In dieser wonnigen, schollenseligen Zeit bemühten sich auch Berufsmenschen, Perlen im Aktenschutte zu finden, und so nahm sich ein Rechtsanwalt namens Doctor juris Anton Habergais vor, seine mitten in Land und Leute verschlagene Existenz folkloristisch zu verwerten und seltene Lieder zu sammeln. Er glaubte, daß sich ungehobene Schätze genug unter niederen Dächern befinden konnten, und er wollte sie ans Licht ziehen und mit ihrer Naivität ein heimatfrohes Publikum entzücken. Der Gedanke war kaum gefaßt und im vornhinein lieblich verbrämt, als Herr Habergais auch an seine Verwirklichung schritt und sich ein in Leder gebundenes Heft von schönem Büttenpapier kaufte.

Er stellte sich freudig vor, wie er wohl an stillen Winterabenden hier hinein Lied für Lied mit Beibehaltung der ursprünglichen Schreibweise eintragen wollte benebst Anmerkungen unter einem mit roter Tinte zu ziehenden Striche.

Nach etlichen fleißigen Monaten ließ sich dann wohl ein Büchlein daraus formen, welches den Forschern zur Erquickung, anderen aber zur Belehrung dienen mußte. Wie war nun aber das Material herbeizuschaffen?

Der ehedem solchen Zwecken gerne dienstbare Volksschullehrer hatte sich leider im Laufe der Zeiten daran gewöhnt, seine Entdeckungen selbst zu Aufsätzen, zu Heften und Büchlein zu verwerten, und war als selbstloser, höchstens im Vorworte erwähnter Mitarbeiter kaum mehr zu haben. Darum blieb nichts übrig, als unter Umgehung dieses Sammelbeckens sich geradewegs an die Quellen zu begeben, was ja einem Rechtsanwalt immerhin möglich war.

So kam also Herr Doktor Habergais mit sich überein, von rechtsuchenden Bauern selbst Beiträge zu erbitten.

Ein in seiner Gemeinde Weidach wohlangesehener Ökonom, Jakob Hirtner, genannt Matheiser, kam in seiner Angelegenheit zu Habergais, als dessen Entschluß gerade gereift war.

Nach dem Geschäftlichen ging der Rechtsanwalt zu einem jovialen Ton über, klopfte dem Matheiser auf die Schulter und begann zu fragen.

»Hirtner, nicht wahr, bei Ihnen in Weidach wird doch häufig gesungen?«

»G'sunga?«

»Ich meine die jungen Mädchen, die zum Brunnen gehen, die Burschen auf der Landstraße —«

»Brunna?«

»Ja, die Mädchen, die vom Dorfbrunnen Wasser holen —«

»Mir hamm ja gar koan Dorfbrunna net —«

»Nun also, bei einer anderen Gelegenheit, nach der Arbeit, wenn der Abend sinkt —«

»Bei ins hat a jeda selm sein Brunna —«

»Ich sage Ihnen ja, die Gelegenheit, bei der es geschieht, ist ganz Nebensache. Ich denke überhaupt an den Feierabend, wenn alt und jung vor den Türen steht —«

»Beim Schuastahausl waar scho a Brunna bei da Straß hiebei, aba dersell hat koa Wassa nit —«

»Ja ... ja ... lassen wir diese Brunnenfrage endgültig fallen. Ich möchte nur in Erfahrung bringen, was diese jungen Mädchen, verstehen Sie, Matheiser, welche Lieder sie singen.«

»Han?«

»Und Sie sollen mir dabei helfen, Matheiser, Sie sollen mir die Texte verschaffen.«

»Han?«

»Sie müssen mir aufschreiben oder aufschreiben lassen, Wort für Wort, was eure jungen Mädchen singen.«

»I?«

»Jawohl, und ich will Ihnen genau sagen, wie Sie das machen müssen ...«

»Ja, was woaß denn i?«

»Also passen Sie auf! Nicht wahr, zum Beispiel, Sie hören die Anna oder die Liesel singen ...«

»Was für a Liesel?«
»Irgendeine; ich meine irgendein Mädchen, das nächstbeste Mädchen hören Sie singen . . .«
»Bal i aba koane hör'?«

Herr Doktor Habergais sah mit einem gramvollen Zug im Gesichte sein Gegenüber an, und er fühlte, wie eine nervöse Abspannung, ein prickelndes Gefühl den Rücken entlang seinen Eifer vermindern wollte; aber er gab sich einen Ruck, er lächelte, er klopfte Herrn Hirtner mit der flachen Hand auf die Schulter, obwohl sich ihm die Finger krümmten, obwohl sich ihm die Hand ballen wollte.
»Verstehen Sie mich wohl, Matheiser, Sie hören schon eine, oder Ihr Nachbar hört eine, oder Ihre Frau hört eine . . .«
Habergais sprach jedes Wort scharf und gereizt aus. »Gut also, irgend jemand hört irgendeine« — es klang wie ein Befehl —, »verstanden, dann gehen Sie zu ihr hin und sagen: Meine liebe Liesel . . .«
Hier wollte nun Hirtner doch nicht länger schweigen.
»Was für a Liesel?«
»Herrgott, Mensch! Matheiser, will ich sagen. Liesel, Anna, Marie, ganz wurscht, wie sie heißt. Sie sagen zu ihr: Mein liebes Mädchen« — Habergais machte hinter jedem Wort eine Pause und schrie das Nachfolgende um so lauter —, »mein liebes Mädchen, du hast soeben ein Lied gesungen. Welches ist der Inhalt desselben? Sprich mir die Worte vor, oder, noch besser, schreibe sie mir auf! Das sagen Sie zu ihr! Haben Sie mich jetzt verstanden, Matheiser?«
»Na!«
Der Rechtsanwalt setzte sich und blickte zu Boden, während eine fliegende Hitzewelle von seinem Nacken über die Ohr-

lappen hinzog, während seine Stirnhaut pelzig wurde, bis dann ein erlösender Schweiß ausbrach.

»Sie haben mich nicht verstanden?«

Die Frage klang heiser.

»Weil Sie sag'n von an Brunna, und weil mi do koan Brunna durchaus gar net hamm ...«

»Ja, wer redet denn noch von einem Brunnen? Ja, wer redet denn noch von einem blöden Himmelherrgottsakramentsbrunnen?«

»Net?«

»Nein! Aber ich will von vorne anfangen. Setzen Sie sich einmal, Matheiser! Da, mir gegenüber — so! Also lassen wir in drei Teufels ... also lassen wir die Mädchen ... nicht wahr, Ihre Burschen singen doch auch?«

»Bal s'b'suffa san, scho ...«

»Nüchtern oder betrunken ... das ist mir jetzt egal ... Matheiser ... jetzt schweifen Sie nicht mehr ab! ... Belauschen Sie Ihre Burschen ...«

»Wia?«

»Hö-ren Sie ihnen zu! Hö-ren Sie den jung-en Bur-schen zu!«

»Bal s'b'suffa san?«

»Wenn sie sing-en! Nicht wahr?«

»De plärr'n scho a so, daß ma's hört ...«

»Ja — also, dann können Sie um so leichter tun, was ich meine. Hören Sie ihnen zu und schreiben Sie auf, was die Burschen singen ...«

»Schreib'n? Aussammete?«

»Jawohl! Ich will die Lieder sammeln. Ich will genau wissen, was für Lieder sie singen ...«

»Ja ... aba ...«

»Nichts aber. Sie können doch schreiben, nicht wahr ...? Es

braucht nicht schön zu sein ... Sie schreiben einfach Wort für Wort auf, und damit Sie es lieber tun, will ich Ihnen für jedes Lied was bezahlen. Verstehen Sie mich jetzt?«

»Ja, guat! Ich vasteh Eahna ganz guat ...«

»Na, endlich? Und dann sind wir einig?«

»Was kriag i nacha, bal i schreib?«

»Hm ... sagen wir ... für jedes Lied ... hm ... sagen wir fünfzig Pfennig ...«

»A Fufzgerl?«

»Für jedes Lied; wenn Sie mir zum Beispiel sechs bringen, bekommen Sie drei Mark, einen Taler, Matheiser.«

»Aha, an Taler! Na bring i halt sechsi ...«

»Soviel Sie eben hören, nicht wahr? Es können mehr sein, es können weniger sein ...«

»Ja ... ja ... sechsi wern's leicht ...«

»Gut, und damit adieu, Matheiser!«

»S' Good, Herr Dokta!«

Habergais blickte dem Ökonomen nach, lange und sinnend. Denn hier drängte sich nun auch ein Allgemeines und ein Besonderes der Betrachtung auf. Die schlichte, geradeaus zielende Art, zu denken, welche dem Volke eignet, dieses Festhalten an einer Vorstellung und diese gewisse Unbiegsamkeit der Folgerungen, welche in einer Linie auf einen Punkt hinstreben und nie nach den Seiten hin ausladen. Dieses schien ein Problem zu sein, und zwar ein beachtenswertes.

Tja-ja.

Übrigens waren seitdem etwa drei Wochen ins Land gegangen, und Doktor Habergais gedachte wohl öfters seines Vorhabens und malte sich nicht ohne Behaglichkeit die literarischen Aufgaben aus, welche ihm die Wintermonate verkürzen

Eduard Thöny

Aufklärung

»Jatzt hob i allweil bet', daß's
guatgeht mit da Bäuerin und
mit meina g'scheckat'n Kuah;
derwei kriagt d' Bäuerin Drilling,
und's Kaibi is verreckt!
Jatzt glab i an nix mehr!«

konnten. Er blätterte in dem Hefte aus schönem Büttenpapier und sah im Geiste die Seiten mit reinlicher Schrift gefüllt, die Titel der Lieder in zierlicher Rundschrift in die Mitte gesetzt, dann den roten Strich, und kluge landeskundige Anmerkungen und Erläuterungen darunter geschrieben.
Es konnten sehr lange, begleitende Kommentare werden, wenn man etwas Dialektforschung trieb, über Wortwerte, Wertunterschiede einzelner Dialektformen sich verbreitete, Belegstellen anführte und überhaupt wissenschaftlich verfuhr.
Ob sich der Matheiser noch an sein Versprechen erinnerte?
Es deuchte Herrn Doktor Habergais manches Mal zweifelhaft, aber dann glaubte er doch wieder, daß die Freude am leichten Verdienst den Mann anspornen könnte. Und wirklich kam eines Vormittags Jakob Hirtner zur Tür herein und holte ein in Zeitungen gewickeltes verknittertes Schulheft aus der Tasche.
»Ha! Da ist ja mein Mitarbeiter ... da ist ja der Matheiser! Na, also haben Sie Lieder gefunden?«
»Herr Dokta, i sag's glei, wia's is, schö hab i net g'schrieb'n...«
»Macht doch nichts!«
»Und ... an Arbeit is dös! Des sell tat i fei nimma! A Markl derfat'n S' no extra zahl'n, a so hab i mi scho plagt ...«
»Darüber läßt sich reden ...«
»D' Bäurin hat aa g'sagt, daß dös koa Macha net is, sagt's, und wei ma mit da Tint'n a so umanandschmiert, sagt's ...«
»Wie viele Lieder haben Sie denn, Matheiser?«
»Sechsi, wia ma's ausg'macht ham.«
»Sechs? Bravo! Das ist schon ein Anfang!«
»Ja, san drei Markl, und oane derfat'n S' no spitz'n, weil d' Bäurin aa sagt, dössell derfat ihr nimma fürkemma ...«
»Na — gut, Matheiser! Ich gebe Ihnen vier Mark, aber Sie

versprechen mir, daß Sie auch weiter für mich sammeln, das heißt, gelegentlich ein Lied aufschreiben ...«

»Na ... na! Herr Dokta, dössell konn i durchaus gar it vasprecha, und mit'n Schreib'n hon is überhaupts it. I tua ma scho so bluati hart, daß 's höcha nimma geht ...«

»No ... no ... Matheiser, so schlimm ist das nicht. Später haben Sie vielleicht selber Freude daran ...«

»Dös glaab i gar it.«

»Da haben Sie vier Mark, und nun geben Sie mir Ihre Aufschreibungen!«

Hirtner nahm das Geld und wickelte das fettige Zeitungspapier auseinander.

»I ho's in a Heft von mein Deandl einig'schrieb'n«, bemerkte er, »müassen S' scho entschuldinga, bal's it schö g'schrieb'n is ...«

»Das ist ganz nebensächlich ... nur her damit!«

Doktor Habergais nahm nicht ohne Hast das verschmierte, öl-, tinten- und fettfleckige Heft an sich und öffnete es.

Es war wirklich auf den ersten Blick zu erkennen, daß hier eine ungeübte, schwere Hand gewaltet hatte, aber das verlieh dem Ganzen einen gewissen Reiz.

Wie die Buchstaben bald schief, bald gerade standen, wie die Zeilen bergauf und talab liefen, wie hier die Feder sich gesträubt und dort festgehakt hatte, wie sie hier ausgeglitten war und dort sich mühsam in das Papier eingebohrt hatte, wie unter verwischten, aufgeschleckten länglichen und runden Klecksen Buchstaben, halbe Worte, ganze Worte versteckt lagen, alles das war unvergleichlich anziehender als etwa eine glatte, charakterlose Schrift.

Eben weil es echt war, von unleugbar schwielenbedeckter Hand oder — nein — Faust mühsam hingesetzt.

Habergais lächelte befriedigt und begann zu lesen. Äs ... p ... brr ... praußt ... ein ... r ... rh ... ruhf wie t ... tohner ... hal ... wie s ... ß ... schwärth ... ke ... geklirr un ... wa ... wah ... gen ... bral ...

.................??

»Was ist das? Was soll das sein, Matheiser?«

»Han?«

»Was das sein soll, frage ich.«

»A Liad ...«

»Das ist doch ›Die Wacht am Rhein‹!«

»Ko scho sei, daß 's a so hoaßt ...«

»Ich habe Ihnen doch gesagt, Sie sollen mir Lieder aufschreiben, die Ihre Burschen singen —«

»Ja, dös singan s'.«

»Das??«

»Dös singan 's fei gern!«

»Also ... Matheiser ...!«

Habergeis überflog die anderen Seiten, die aus Bruchstücken erkenntlichen Lieder. Ein sehr langes. »Heul unsern Känig ... heul!« ein kurzes »... im gruhnen walth is holzauxion ...« und wieder »O du lieber augastien«, »Ich hath einen Kahmeraten« und das letzte noch »Das schöne land, wo meine wighe stand«. Der Rechtsgelehrte blickte den Ökonomen durchdringend an. »Also das sind ...??«

»Dös singan s' allssammete«, sagte Hirtner treuherzig und ohne Arg ... »und derfan S' g'wiß glaab'n, Herr Dokta, daß i mi schö plagt hab', und d' Bäuerin sagt aa, mit dem Glump derfst ma nimma komma, sagt 's ...«

»Es ist recht, Matheiser, Sie haben Ihre vier Mark, gehen Sie!«

»Und, sagt d' Bäurin, a so a spinnate Arbet, sagt s', muaß 's net glei wieda geb'n ...«

»Gehen Sie, sage ich!«
»Und . . . Herr Dokta . . . bal 's grad gang, soll i Eahna nomal a sechsi aufschreib'n?«
Habergais wollte heftig werden, besann sich eines Besseren und sagte mild: »Nein, Matheiser, es genügt . . .«
»Aba wenn S' moanen?«
»Es genügt. Adieu!«
»S' Good, Herr Dokta!«

Eduard Thöny

Idealisten

»Na, wie war's auf der Tour nach Rügen?«
»Ich sage euch, gesoffen haben wir, und mit den Alten Herren aus Berlin haben wir geschweinijelt — einfach ideal!«

Rudolf Geck

Mit Bären unterwegs

In der Sonntagsnummer des »Stadt-Blattes der Frankfurter Zeitung« war zu lesen: »Der Bärenführer unterschlägt zwei Bären. Von Limburg wird mitgeteilt, daß der Bärenführer Georg Klöter, 25 Jahre alt, mit zwei Bären in Richtung Frankfurt a. M. flüchtig ist und versuchen wird, diese zu verkaufen. Es handelt sich um einen großen braunen und einen kleineren schwarzbraunen Bär. Die Bären haben einen Wert von 3000 Mark. Sachdienliche Angaben erbeten an das Polizeipräsidium, Kommissariat 10.«

Eine originelle Meldung, das kann man sagen. Nach Kenntnisnahme der Tat machte ich erschüttert eine Pause und sprach laut: »Das war nicht schön von Herrn Klöter. Wie konnte er nur seinem Brotherrn, vermutlich dem Besitzer eines Wanderzirkus, zwei Bären unterschlagen? Man unterschlägt Brillanten, Halsbänder, Kassetten mit Geld, zur Not auch eine Kuh, man brennt mit einer Frau durch, aber mit zwei Bären? Nun, Klöter wird nicht weit kommen. Vielleicht finde ich selber ihn auf meinem Sonntagsausflug im Lorsbacher Tal oder in Eppstein, halte ihn fest, überliefere den Verbrecher samt den Petzen dem nächsten Gendarmeriekommando und bekomme eine Belohnung. Sollte Georg aber auf seiner Tour wirklich bis nach Frankfurt gelangen, bei wem wird er die Bären los? Direktor Priemel vom Zoo kauft sie gewiß nicht. Wird Klöter sich mit den Bären zu einem Kürschner begeben, die Felle zu verhandeln? Und werden die armen Brummer dann an Ort und Stelle abgeschlachtet? Oder verkauft er sie auf dem

Wege des Inseratenteils? Wo aber stellt er sie bis dahin unter? Klöter, Klöter, Klöter, du treibst ein gefährliches Spiel! Die Frankfurter Polizei (Kommissariat 10) ist unterrichtet und hat Häscher ausgesandt. Bis heute erfreut sich zwar Herr Birx, der unsere gute Stadt um 30 000 Goldmark geprellt, noch der goldenen Freiheit, aber ein Mann mit zwei Bären wird den Schupoblicken kaum entgehen. Wenigstens möchte ich Georg nicht geraten haben, sich mit den Bären auf der Kaiserstraße zu zeigen. Wobei ich nicht leugnen will, daß ich gewisse Sympathien für Klöter habe. Kühnheit imponiert immer, und Georg war kühn, als er die Entführung inszenierte und die Bären in Trab brachte.«

Wahrscheinlich wird mancher Leser der Meldung ähnliches bei sich erwogen haben, aber wohl keinem ging es wie mir, der nun immerfort an Klöter und seine Bären dachte, der einfach nicht von dem Bilde des wandernden Trios loskam und auf seiner Sonntagstour Landstraßen, Äcker und Wälder nach den dreien abforschte. Es wurde mir zur fixen Idee, den Verbrecher zu ergreifen. Ich würde dann sofort nach einem Fotografen schreien und käme ins »Illustrierte Blatt«. Nichts dergleichen ist passiert. Aber als ich mich abends müde auf dem Sofa ausstreckte, war ich plötzlich selber der Mann, der die Bären unterschlug. (Wir haben im Prozeß Krantz gelesen, in jedem Gehirn befinde sich eine Mörderecke, warum nicht eine, in welcher der schwarze Gedanke wohnt, Bären zu klauen?)

Ich zog mit den entwendeten Raubtieren von Limburg ab, neben der Bahn her. Ich hatte eine heillose Angst, mein Patron werde den Diebstahl schon bemerkt haben und sei uns auf den Fersen. Es war aber die Zeit nach der Morgenprobe, er frühstückte gemächlich und trank seinen Schoppen ohne Argwohn. Ich munterte die Bären, sie hießen Max und Moritz, zur Eile auf. Leider ohne sonderlichen Erfolg, denn die Bestien fühlten sich schuldlos, blickten dumm aus ihren kleinen Augen auf mich, der einst ihr Freund, jetzt ihr Peiniger war, und zeigten sich nicht gewillt, ihren behaglichen Trott auf ein Läufertempo der Olympiade umzustellen. Es war gräßlich. Kein Mörder, dem die Furien nachfolgten, kann ärgere Ängste ausgestanden haben. Ich verstehe jetzt die Antike. Alle drei Schritte wandte ich das verstörte Auge rückwärts, gen Limburg zu, doch still breitete sich die Landschaft, kein Schupo war hinter uns her.

Wenn Sie jemals beauftragt werden sollten, zwei Bären zu einem Dauerlauf von Limburg nach Frankfurt anzuhalten, so werden Sie was erleben. Die Sache ist gar nicht einfach, besonders dann nicht, wenn man ein schlechtes Gewissen hat. Meinem ärgsten Feind möchte ich das nicht wünschen. Unsere Flucht wurde außerdem durch den Umstand erschwert, daß ich plötzlich vergessen hatte, wie man Bären sachgemäß behandelt, pflegt und füttert. Ich beschloß, in der nächsten Stadt, die wir passieren würden, »Brehms Tierleben« zu kaufen, aber der erstaunte Buchhändler hatte das Werk nicht vorrätig — frühestens in vier Tagen könnte ich es haben. Ich probierte mein Heil in einer Schule, die gerade Freiviertelstunde hatte. Die Kinder umringten uns.

Der Lehrer kam heran. Ich stotterte die Bitte hervor, er möge mir Auskunft über die Leibgerichte von Bären geben. Ich hätte sie in den Zirkus Sarrasani zu transportieren. Der Lehrer musterte uns aus runden Brillengläsern, nahm mich scharf aufs Korn (wußte er schon?) und sagte endlich: »Bären fressen mit Vorliebe Brot und Honig.« Ich zog an den Ketten, ließ die Petze ein paar Sprünge machen, die Kinder johlten, der Rektor schmunzelte, ich bekam einige Groschen in meine hinge-

haltene Mütze.
Wir trollten ab. Ich erstand bei einem Bäcker einige Brote und in einem Kolonialwarengeschäft zwei Gläser weißgoldenen Blüten- und dunklen Tannenhonig (ich kannte ja die Geschmacksrichtung der Tiere nicht) und zog mit Max und Moritz waldwärts. Dort schnitt ich ein Brot in Scheiben und bestrich sie mit Honig. Wir lagerten uns und fraßen. Sehr erheiternd war mir, daß Max, der Ältere, die Schnitte umdrehte, sie unter meine Augen hielt und mir zu verstehen gab, ich solle auch die untere Seite mit Honig bestreichen. Er ist verwöhnt und sehr klug.
Indessen brach die Nacht herein. Wir kampierten auf dürrem Laub. Ich werde diese Nacht nicht vergessen. Zwar wärmten mich die Bären, zwischen denen ich Platz genommen hatte, aber wer es nicht gewöhnt ist, mit Bestien zusammen zu schlafen, der unterlasse es lieber. An den Geruch gewöhnt man sich im Freien bald. An einen festen Schlaf ist jedoch nicht zu denken. Die Tiere brummen, knurren, wollen sich erheben, rasseln mit den Ketten. Ab und zu lecken sie einem mit der rauhen Zunge übers Gesicht oder tätscheln einem mit der Pranke den Bauch. (Man kann in aller Welt zarteres Getätschel haben.) In ihren dicken Pelzen ist ihnen ganz behaglich. Weniger dem Menschen, der in einer Windjacke daliegt. Und wenn es regnet — und es regnete gehörig —, so ist das für den Menschen sehr fatal. Für die Bären kaum. Sie kennen doch die Geschichte von der Dame, die einen wasserdichten Bärenpelz kaufen wollte und von dem Kürschner auf die Frage, ob der gewählte auch wirklich wasserdicht sei, die Antwort bekam: »Gewiß, oder haben Sie schon einmal einen Bären mit einem Regenschirm gesehen?« Die Nacht war also nicht erquickend. Die Minuten krochen. Die Zeit ist relativ. Ich weiß es jetzt.

Ich sehe schon: der Rhythmus dieser Plauderei paßt nicht zu dem rasenden Schwirren meines Erlebens. Mein Schicksal war ein laufendes Band. Deshalb notiere ich jetzt im Telegrammstil: Morgen. Ich walle zwischen den treuen Petzen wie der Heilige auf stillen Wegen. Moritz trat sich einen Nagel in die Pranke. Er hinkte. Auswaschen am Bach. Verband. Rast an einer Böschung. Eine Eisenbahn rattert vorbei. Herzliche Grüße. Ein Dorf. Versuch, die Bären zu verkaufen. Ich hätte sie aus einer Erbschaft. Für 2500 gäbe ich sie her: »Bedenken Sie die kostbaren Pelze und die echten Bärenschinken!« Nichts war's. In Eppstein. Man zeigte kein Mißtrauen. Vorstellung auf einem Platz. Ein Grammophon wird herangeschleppt. Die Bären tanzen Walzer und Foxtrott. Großer Erfolg, schöne Einnahme. Ein Dorf. Neuerlicher Versuch, die Bestien loszuwerden. Diesmal für 2000. Vergeblich. Überlegung: sie in der nächsten Gemeinde als seltene Hunde, treue Wächter, kinderlieb und gutmütig, auszubieten, Ersuchen an den Führer eines Lastautos, uns eine Strecke mitzunehmen. Ablehnung. Produktion im nächsten Dorf. Ein Gendarm kommt: »Haben Sie einen Wandergewerbeschein?« Furchtlose Antwort: »Jawohl, Herr Oberwachtmeister, ich habe ihn im Gasthof.« Er glaubte mir. Weiter. Landstraße. Gegend von Hochheim. Aufgeregte Bevölkerung, Kinder wimmern, Mütter irren, Polizei: »Hände hoch!« Die Bären steigen auf und zeigen fletschend die Krallen, ich behalte meine in den Taschen. Gelächter. »Ihr Ausweis?« Ich frage zurück, ob ihn seine Dienstvorschrift verpflichte, von wilden Tieren zerrissen zu werden. Wir seien redliche Leute. Der Gewaltige, von Limburg aus noch nicht im Bilde, läßt uns ziehen. Die Bären werden übellaunig, wollen endlich nach Frankfurt. Honigbrot und Vertröstung. Nacht im Walde. Schauderhaft. Mit zerschlagenen

Gliedern auf. Höchst und Griesheim umgangen.
Am Abend vorsichtiger Einzug in die alte Kaiserstadt. Faschingsbälle. Karten gelöst. Hinein in den Saal. Staunen ringsumher. Die Bären bekommen zwei erste Preise für die besten Tiermasken. Die Bären tanzen. Ich trinke Sekt. Dann Bärenkatzenjammer. Ein schleimig-grauer Morgen dämmert. Letzte Karnevalsgäste trollen heim. »Halt!« Wir rennen, was das Zeug hält. Die Schupos, ahnungslos, lachen hinter uns her. Was jetzt? Ich, Georg Klöter, bin es satt. Ich habe fürchter-

Fritz Koch-Gotha

liche Angst, denn es wird hell. Wer, um des Himmels willen, kauft in Frankfurt zwei Bären für 2000 bis 3000 Mark? Welche Dummheit habe ich gemacht! Ich weine. Oh, wäre ich doch in Limburg bei meinem lieben Herrn! Reue nagt. Zu spät. Steckbrief an den Litfaßsäulen? Kommen da Menschen, Schupos, Kriminaler, Detektive? Wer schleicht da? Wer ruft da? Was tun? Wir zotteln in die Anlagen, ich binde die Bären ans Bismarckdenkmal, laufe, was ich laufen kann. Wie gehetzt auf die Straße zurück. Furien hinter mir her. Keinen trockenen Faden am Leibe.

Es war so. Ich erwachte und verjagte den Traum. Gottlob, ich bin nicht Georg Klöter, sondern nur -ck.

Gustav Meyrink

Die Geschichte vom Löwen Alois

war so: Seine Mutter hatte ihn geboren und war sofort gestorben.

Vergebens hatte er getrachtet, mit seinen runden Pfoten, die so weich waren wie Puderquasten, sie aufzuwecken, denn er verschmachtete vor Durst in der sengenden Mittagsglut.

»Wie die Sonne frühmorgens die Tautropfen schlürft, wird sie auch sein Leben austrinken«, murmelten pathetisch die wilden Pfauen oben auf der Tempelruine, machten Prophetengesichter und schlugen rauschend stahlblau schimmernde Räder. Und wären nicht die Schafherden des Emirs des Weges gezogen, hätte es auch so kommen müssen. Da aber wendete sich das Schicksal.

»Hirten haben wir nicht, unberufen, die dreinreden dürften«, meinten die Schafe, »warum sollen wir diesen jungen Löwen also nicht mitnehmen?«

»Übrigens, die Witwe Bovis macht's gewiß gern. Erziehen ist ja ihre Leidenschaft. Seit ihr Ältester nach Afghanistan geheiratet hat — (die Tochter des fürstlichen Oberwidders) —, fühlt sie sich ein bißchen einsam.«

Und Frau Bovis sagte kein Wort, nahm das Löwenjunge zu sich, säugte und hegte es — neben Agnes, ihrem eigenen Kinde.

Nur der Herr Schnucke Ceterum aus Syrien — schwarz gelockt und mit krummen Hinterbeinen — war dagegen. Er legte den Kopf schief und sagte melodisch: »Scheene Sachen werden da noch emol 'erauskommen«, aber weil er immer alles besser wußte, kümmerte sich niemand um ihn. Der kleine Löwe wuchs erstaunlich, wurde bald getauft und erhielt den Namen »Alois«.

Frau Bovis stand dabei und fuhr sich ein ums andere Mal über die Augen — und der Gemeindeschöps trug ins Buch ein: »Alois xxx«; statt eines Familiennamens drei Kreuze.

Damit aber jeder sehen könne, daß hier wahrscheinlich eine uneheliche Geburt vorliege, schrieb er es auf eine Extraseite.

Alois' Kindheit floß dahin wie ein Bächlein.

Er war ein guter Knabe, und nie gab er — von gewissen Heimlichkeiten vielleicht abgesehen — Grund zur Klage. Rührend war es anzuschauen, wie er heißhungrig mit den anderen weidete und die Schafgarbe, die sich ihm widerspenstig immer um die langen Eckzähne legte, in kindlicher Unbeholfenheit mühsam zerkaute. Jeden Nachmittag ging er mit Klein Agnes, seinem Schwesterchen, und ihren Freundinnen ins Bambusgehölz spielen, und da war des Scherzens und der Lustbarkeiten kein Ende.

Alois, hieß es dann immer, Alois, zeig mal deine Krallen, bitte, bitte, und wenn er sie recht lang herausstreckte, erröteten die kleinen Mädchen, steckten kichernd die Köpfe zusammen und sagten: »Pfui, wie unanständig«; aber sie wollten es doch immer wieder sehen.

Zur kleinen schwarzhaarigen Scholastika, Schnucke Ceterums lieblichem Töchterlein, entwickelte sich in Alois frühzeitig eine tiefe Herzensneigung.

Stundenlang konnte er an ihrer Seite sitzen, und sie bekränzte ihn mit Vergißmeinnicht.

Waren sie ganz allein, so sagte er ihr das wunderschöne Gedicht auf:

»Willst du nicht das Lämmlein hüten,
Lämmlein ist so fromm und sanft,
nährt sich von des Grases Blüten
spielend an des Baches Ranft.«

Und sie vergoß dabei Tränen tiefster Rührung.
Dann tollten sie wieder durch das saftige Grün, bis sie umfielen.
Kam er abends erhitzt vom kindlichen Spiele nach Hause, sagte Frau Bovis, seine Mähne nachdenklich betrachtend, immer nur: »Jugend hat keine Tugend«, und: »Junge, wie du heute wieder mal unfrisiert aussiehst!« (Sie war so gut.)
Alois reifte zum Jüngling, und das Lernen war seine Lust. In der Schule allen ein Vorbild, glänzte er stets durch Fleiß und gute Sitten — und im Singen und in Vaterländischer Ruhmesgeschichte hatte er durchwegs Ia.
»Nicht wahr, Mama«, sagte er immer wieder, wenn er mit einem Lob des Herrn Lehrers heimkam, »nicht wahr, ich darf später in die Kadettenschule?«
Da mußte sich jedesmal Frau Bovis abwenden und eine Träne zerdrücken. »Er weiß ja nicht, der gute Junge«, seufzte sie, »daß dort nur wirkliche Schafe aufgenommen werden«, streichelte ihn, zwinkerte verheißungsvoll mit den Augen und sah ihm gerührt nach, wenn er hochaufgeschossen, wie er war, mit dem ein wenig dünnen Hals und den weichen X-Beinen der Flegeljahre wieder hinaus an seine Schulaufgaben ging.
Der Herbst zog ins Land, da hieß es eines Tages: Kinder, vorsichtig sein, ja nicht zu weit außerhalb spazierengehen, besonders nicht in der Dämmerung, wenn die Sonne zu sinken beginnt — wir kommen jetzt in gefährliches Gebiet. Der persische Löwe — nämlich — mordet und würgt dort.

Und immer wilder wurde das Pandschab und immer finsterer das Gesicht, das die Landschaft schnitt.
Die steinernen Finger der Berge von Kabul krallen sich in die Niederungen — Bambusdschungel starrt wie gesträubtes Haar, und auf den Sümpfen treiben träge die Fieberdämonen mit lidlosen Augen und atmen vergiftete Mückenschwärme in die Luft.
Die Herde zog durch einen Engpaß, ängstlich und schweigend. Hinter jedem Felsblock Todesgefahr.
Da machte ein hohler, schauerlicher Ton die Luft beben — in wilder, besinnungsloser Furcht stürmte die Herde davon.
Hinter einem Felsen hervor schoß ein breiter Schatten gerade auf Herrn Schnucke Ceterum los, der nicht rasch genug vorwärts kam.
Ein riesiger Löwe!
Herr Schnucke wäre rettungslos verloren gewesen, hätte sich nicht in diesem Augenblick etwas Merkwürdiges ereignet. Mit Gänseblümchen bekränzt, ein Sträußchen Georginen hinter dem Ohr, kam Alois mit schmetterndem »Bäh, bäh« im Galopp vorbei.
Als hätte vor ihm der Blitz eingeschlagen, hielt der alte Löwe im Sprung inne und stierte in maßlosem Staunen dem Fliehenden nach.
Lange konnte er keinen Laut hervorbringen, und als er endlich ein wütendes Gebrüll ausstieß, antwortete ihm Alois' »Bäh, bäh« schon aus weiter Ferne.
Eine ganze Stunde noch blieb der Alte in tiefem Grübeln stehen; alles, was er je über Sinnestäuschungen gelesen und gehört, ließ er an seinem Geist vorüberziehen.
Vergebens!
Die Nacht fällt rasch und kalt vom Himmel im Pandschab;

fröstelnd knöpfte sich der alte Löwe zu und ging in seine Höhle.
Aber er konnte keinen Schlaf finden, und als das gigantische Katzenauge des Vollmondes grünlich durch die Wolken starrte, brach er auf und setzte der geflohenen Herde nach.
Gegen Morgengrauen erst fand er Alois — die Blumenkränze noch im Haar — süß schlummernd hinter einem Strauche.
Er legte ihm die Pranke auf die Brust, und mit entsetztem »Bäh« fuhr Alois aus dem Schlafe.
»Herr, so sagen Sie doch nicht immer ›bäh‹. Sind Sie denn wahnsinnig? Sie sind doch ein Löwe, um Gottes willen«, brüllte ihn der Alte an.
»Da irren Sie, bitte —«, antwortete Alois schüchtern, »ich bin ein Schaf.«
Der alte Löwe schüttelte sich vor Wut: »Sie — wollen Sie mich vielleicht zum besten haben? Frozzeln Sie gütigst meinetwegen die Frau Blaschke —«
Alois legte die Tatze beteuernd aufs Herz, blickte ihm treuherzig ins Auge und sagte tiefbewegt: »Mein Ehrenwort — ich bin ein Schaf!«
Da entsetzte sich der Alte, wie tief sein Stamm gesunken, und ließ sich Alois' Lebensgeschichte erzählen.
»Das alles«, meint er dann, »ist mir zwar gänzlich schleierhaft, aber daß Sie ein Löwe und kein Schaf sind, steht fest, und wenn Sie's nicht glauben wollen — zum Teufel —, so vergleichen Sie unser Bild hier im Wasser.
Und jetzt lernen Sie zuvörderst mal anständig brüllen, schauen Sie — so:
»Uuuuaah, uuuuaah.«
Und er brüllte, daß die Oberfläche des Weihers ganz rieselig wurde und aussah wie Schmirgelpapier. »Also versuchen Sie's,

es ist ganz leicht.«
»Uha«, setzte Alois schüchtern an, verschluckte sich jedoch und mußte hüsteln.
Der alte Löwe blickte ungeduldig zum Himmel auf: »Na, meinetwegen üben Sie's, wenn Sie allein sind, ich muß jetzt nach Hause.«
Er sah auf die Uhr: »Himmelsakra! Schon wieder halb fünf! Also Servus!« Und er salutierte flüchtig mit der Pranke und verschwand. Alois war wie betäubt —: Also doch!!
Vor ganz kurzer Zeit erst hatte er das Gymnasium absolviert, hatte es sozusagen schwarz auf weiß bekommen, daß er ein Schaf sei — und jetzt!
Gerade jetzt, wo er in den Staatsdienst treten sollte!
Und — und — und Scholastika!
Er mußte weinen — Scholastika!!
So schön hatten sie alles miteinander verabredet, wie er vor Papa und Mama hintreten solle usw.

Und Mama Bovis hatte noch zu ihm gesagt — neulich: »Junge, den alten Schnucke, den halte dir warm, der hat ein Viechsgeld; das wäre so ein Schwiegervater für dich bei deinem Riesenappetit.« Und immer lebendiger zogen die Ereignisse der letzten Tage vor Alois' innerem Auge vorüber: Wie er auf einem Spaziergange Herrn Schnucke über sein blühendes Aussehen und seinen Reichtum Elogen gemacht hatte: »Herr von Schnucke haben, wie ich vernahm, in Syrien einen so schwunghaften Exporthandel in Trommelschlegeln unterhalten, und das soll, höre ich, den Grundstock zu Ihrem Reichtum gelegt haben?!« — »Auch hab' ich gehandelt damit —«, hatte Herr Ceterum etwas zögernd geantwortet, ihn aber dabei recht argwöhnisch von der Seite angesehen.

Olaf Gulbransson

Der Traum vom Völkerbund

»Sollte ich da am Ende etwas Dummes gesagt haben?« hatte sich Alois damals gedacht, »aber man spricht doch allgemein —« Ein Geräusch schreckte ihn jetzt aus seinen Träumereien. Also alles, alles sollte jetzt zu Ende sein! Alois legte sein Haupt auf die Tatzen und weinte lange und bitterlich.

Tag und Nacht vergingen — da hatte er sich durchgerungen.

Übernächtig, tiefe Schatten um die Augen, ging er zur Herde, trat mitten unter sie, richtete sich majestätisch auf und rief:

»Uh-hah!«

Ein ungeheures Gelächter brach los.

»Pardon, ich meine damit«, stotterte Alois verlegen, »ich meine damit nur — ich bin nämlich ein Löwe.« Ein Augenblick der Überraschung, allgemeine Stille, und wiederum erhoben sich großer Lärm, höhnische Worte, Warnungsrufe, lautes Lachen.

Erst als Dr. Simulans, der Herr Pastor, hinzutrat und Alois in strengem Tone befahl, ihm zu folgen, legte sich der Tumult.

Es mußte ein langes, ernstes Gespräch gewesen sein, das die beiden miteinander führten, und als sie zusammen aus dem Bambusdickicht traten, da leuchteten des Predigers Augen in frommem Eifer. »Sei dössen eingedenk, mein Sohn«, waren seine letzten Worte, »mannigfaltig sind die Fallstricke des bösen Feindes! Tag und Nacht versuchet ör uns, auf daß wir gögen den Stachel löcken, dörweilen wir im Fleische wandeln allhier.

Siehe, das ist ös ja eben, wir allesamt sollen trachten, das Löwentum in uns niederzuwerfen und in Demut zu verharren, daß wir einen nojen Bund schließen und unsere Bitten erhöret werden — hier zeitlich und dort öwiglich.

Und was du gesehen und gehört gestern morgen dort am Weiher, das vergiß — ös war nicht Wirklichkeit, war teuflisch Gaukelspiel dös bösen Feindes! Anathema! Eines noch, mein Sohn! Heiraten ist gut, und ös wird dir die finsteren Dünste des Fleisches vertreiben, die den Teufeln ein Wohlgefallen sind. So freie denn die Jungfrau Scholastika Cöterum und seid zahlreich wie der Sand am Meere.«

Er hob seine Augen zum Himmel, »das wird dir helfen, des Fleisches Bürde tragen und — (hier wurde seine Rede zum Gesang):

lär-nee zu lei-deen
oh-näh zu klaa-gen!«

Und dann schritt er von hinnen.

Alois' Augen standen voll Tränen.

Drei Tage lang sprach er kein Wort, reinigte nur rastlos sein Inneres von allen Schlacken, und als ihm eines Nachts im Traum eine Löwin erschien, die angab, der Geist seiner Mutter zu sein, und verächtlich dreimal vor ihm ausspuckte, da trat er erhobenen Hauptes vor den Herrn Pastor — jauchzend, daß nunmehr die Blendwerke der Hölle von ihm abgelassen hätten und er von nun an das Denken wolle ganz und gar sein lassen, um sich um so blinder der Leitung des Herrn Pastors hinzugeben.

Der Herr Pastor aber hielt in beredten Worten Fürsprache für ihn um die Hand der Jungfrau Scholastika bei ihren Eltern.

Zwar wollte Herr Ceterum anfangs nichts hören, war sehr wild und rief immer: »Er is nit, er hat nix«, aber schließlich fand seine Ehegattin den Schlüssel zu seinem Herzen:

»Schnucke«, sagte sie, »Schnucke, was willst de eigentlich, was hast de gegen Alois? Schau — er ist doch blond.«
Und tags darauf war Hochzeit.
Bäh.

Karl Kraus

Wie in Deutschland die Unsittlichkeit zustande kommt und wie die Sitte spricht

Der Detektiv Ernst Hoffmann stand gestern unter der Anklage der versuchten Erpressung vor dem Landgericht. Das Opfer seiner Tätigkeit war der Inhaber des Freibades Wannsee, Kaufmann Frankenthal in Nikolassee. Als Frankenthal vor vier Jahren ein Gelände am Wannsee pachtete und darauf das Freibad Wannsee errichtete, dauerte es nicht lange, so setzten die Inhaber der an den märkischen Wasserstraßen gelegenen Badeanstalten alle Hebel in Bewegung, um die unbequeme Konkurrenz aus der Welt zu schaffen. Der Obmann des Vereins märkischer Naturbadeanstalten, Badeanstaltsbesitzer Ziehm in Treptow, wandte sich an den Rechtskonsulenten May mit dem Auftrag, im Freibad Wannsee heimliche Beobachtungen anzustellen, ob dort Unsittlichkeiten vorkämen. May verlangte hierfür 125 Mark und später 300 Mark. Das ausführende Organ Mays war Detektiv Hoffmann, der für seine Tätigkeit 6 Mark pro Tag erhielt. Er hatte insbesondere den Auftrag, alles, was beanstandet werden könnte, auch gleich zu fotografieren.

Eines Tages wurde Frankenthal von einem Unbekannten telefonisch angerufen und unter Hinweis auf die gegen das Freibad eingeleitete Bewegung um eine Unterredung ersucht, die dann auch in einem Café am Rosenthaler Tor stattfand. Hoffmann stellte sich dabei mit seinem richtigen Namen als Agent des Detektivinstituts May vor und erzählte, er habe den Auftrag, nicht nur etwaige Unsittlichkeiten im Freibad festzustellen, sondern auch eventuell mit Hilfe von Straßendirnen selbst ›unsittliche Gruppen‹ zu stellen und zu fotografieren. Bei einer zweiten Zusammenkunft im Restaurant Beelitzhof erzählte er dann auch noch, er sei beauftragt, einen Wärter im Freibad zu bestechen und sich von diesem mit einem Mädchen überraschen zu lassen. Die Fotografien hiervon würden dann in einer öffentlichen Versammlung, zu der Pastoren und Sittlichkeitsvereine eingeladen werden sollten, als Lichtbilder gezeigt werden.

Frankenthal witterte in diesen Mitteilungen gleich die einleitenden Schritte zu einer Erpressung, und als Hoffmann erklärte, er würde sich auf Frankenthals Seite schlagen, wenn ihm der Schaden, den er durch den Verlust seiner Stellung hätte, ersetzt werden würde, ließ Frankenthal ihn festnehmen ...

Det mit die Konkurrenz is ja ejal, die Jründe interessieren uns nich, Jeschäft is Jeschäft, jewiß doch, wenn sich'n Freibatt durch 'n andres Freibatt jeschädigt fühlt, so hat es doch

„Looft nich so dicht hinter'nander die Männer müssen ja denken wir sind een Pänsionat!"

Heinrich Zille

recht, alle Hebel in Bewejung zu setzen, die Hauptsache is immerzu, wenn öffentliches Ärjernis errecht wird. Öffentliches Ärjernis muß sint, un wenns nich da is, muß es errecht werden, immerzu, famos hat Hoffmann det jemacht, kenn Se Hoffmann, er war zuerst bei der Sitte, denn war er Lude, nu is er beim Rechtskonsulenten. Sehn Se, dafür, was nu weiter jeschehen is, daß a selbst jestrauchelt is, dafür is niemand verantwortlich, es irrt der Mensch, solang a strebt, hat nich selbst Harden schon jeirrt? Se wissen doch, damals, wie a det mit die Normwidrichkeiten ufjedeckt hat, der mit Eulenburg und der janzen homesexiellen Kiste übahaupt, da hat a doch manches nich jewußt, was seinerzeit am Starnberjer See vorjefallen is, da hat a doch vieles übasehn, na sehn Se, unfehlbar is keener; jewiß doch, Riedl hat ihm viel jesagt, was werweislich wahr is, un Schömmer, der Klavierträger, Se wissen doch, hat durch das Guckloch beobachtet, wie er die beiden Jrafen da jepaart sah, hörn Se, jepaart sah er se, richtig jepaart; aber alles hat sich doch nich beweisen lassen. Jotte doch, wenn man immer so könnte, wie man wollte, sehn Se, wir müssen ooch Zimma vamieten, da kann denn meine Frau viele Unsittlichkeiten beobachten, wie oft hab ich ihr nich schon jesagt, Juste, hab ich ihr jesagt, Juste sieh man zu un paß man uff, ob eener nich vaheiratet is, wo du dann sagen könntest, wenn a dir nich eenen blauen Lappen drufjibt, daß de sagen könntest, na von wejen öffentliches Ärjernis, vaschtehste — jlooben Se, dat Aas jeht Ihnen los? Nee, nich zu machen! Öffentliches Ärjernis in Hülle und Fülle, jreift nur hinein ins volle Menschenleben, allonks anfang de la patrie, aber was nutzt det allens, wenn die Schose nich zum Klappen kommt! Bequemer kann mans jar nich haben, Hoffmann hat erst unsittliche Gruppen stellen müssen — bei uns kommt det alle Tage vor, direktemang wie jeschaffen für de Pastoren und de Sittlichkeitsvereine — aber reden Se mit meiner Frau! Sie sei sturmfreie Vamieterin, sagt se, se wolle sich auf ehrliche Weise ihr Brot vadienen und so Redensarten. Mich kann so wat empören, sehn Se, ik tu bei so wat jar nich mehr mit, ik jeh am liebsten fort aus meinem anständijen Haus, wenn so Paare kommen, die wat unehelich sind und Unsittlichkeiten im Schilde führen, un det könn Se mir jlooben, wenn det nich bald ufhert, so bin ich imstand und jehe hin zur Sitte un mach de Anzeije wejen öffentlichen Ärjernis!

Leo Slezak

Lohengrin

Das ist eine sehr komplizierte Sache, und ich muß meine lieben Leser ernstlich bitten, recht aufmerksam zu sein, um sich aus dem Wirrsal der Handlung herauszufinden und zu wissen, um was es sich eigentlich handelt.
Jedermann weiß, daß in früheren Zeiten sehr viel gezaubert wurde. Man verwandelte damals die schönsten Jünglinge — meistens Prinzen — in alle möglichen Tiere, und oft, wenn man der Meinung war, einen echten Harzer Kanari im Zimmer zu haben, entpuppte sich dieser eines Tages als verzauberter Erzherzog, den eine neidische, miese Fee in diesen Roller verwandelt hatte.
Also das kommt heute nicht mehr vor. —
— Wenn der Vorhang in die Höhe geht, ist die Bühne gespickt mit Mannen. — Sie werden mich korrigieren wollen und sagen: »Männern!«, aber es heißt doch Mannen — die planlos mit den Schwertern auf ihre Schilde schlagen und singen.
König Heinrich sitzt unter einer großen Eiche, hat einen langen Umhängebart und hält Gericht. —
Telramund, ein Edler, hat eine Klage gegen Elsa von Brabant eingereicht und behauptet, sie habe ihren Bruder, den kleinen Gottfried, umgebracht. — Der König glaubt es nicht, und es ist auch nicht wahr.
Elsa wird vorgeladen, wird gefragt. — Sie leugnet.
Wer hat recht? — Der Telramund oder die Elsa?
Bald hätte ich vergessen zu erzählen, daß Telramund verhei-

ratet ist und seine Frau Ortrud heißt. — Übrigens eine recht düstere Dame — die eigentlich Telramund zur Überreichung der Klage veranlaßte.

In alten Zeiten war das Gottesgericht modern. —

Wenn man nicht wußte, ob jemand schuldig oder unschuldig war, so ließ man zwei Männer miteinander kämpfen, und derjenige, der unterlag, war der Verbrecher.

Eine äußerst unsichere Angelegenheit.

Telramund forderte jedermann auf, sich für Elsas Unschuld zu schlagen. — Trotzdem keiner der Ritter die arme Elsa dieser Gemeinheit für fähig hält, läßt sich, trotz wiederholten Blasens auf der Trompete, keiner von ihnen in dieses Gedränge ein. Da befiehlt der König, noch einmal zu blasen.

Plötzlich sieht man von weitem einen glänzenden Ritter in einem Kahne stehen, der von einem schneeweißen Schwan gezogen wird.

Der Chor der Mannen brüllt durcheinander, zeigt auf den Ritter und schaut krampfhaft auf den Kapellmeister, was aber offenbar nicht viel nützt, denn sie sind untereinander vollständig verschiedener Ansicht, was der Lateiner »Tohuwabohu« nennt. —

Lohengrin kommt an, wird von allen Seiten beleuchtet und singt das Schwanenlied, einen Viertelton zu tief.

Der Schwan merkt das, darum fährt er davon.

Nun kommt das eigentlich Interessante. —

Telramund bebt hörbar, aber er läßt nicht nach, er darf auch nicht, weil es so vorgeschrieben ist.

Zuerst geht Lohengrin zu Elsa und sagt ihr, daß er für sie kämpfen werde und ob sie seine Frau werden wolle. Dies könne jedoch nur unter der Bedingung geschehen, daß sie ihn nie frage, wer er sei und woher er komme. —

Also eigentlich eine Zumutung! — Man soll nicht wissen, mit wem man das Vergnügen hat. — Eine wilde Sache.
Sie schwört, er geht hin, besiegt den Telramund, schenkt ihm das Leben, die Ortrud zerspringt, Elsa fliegt dem Namenlosen um den Hals, die Mannen schlagen freudig bewegt mit ihren Schwertern auf die Schilde, der König streicht seinen Umhängebart, gibt seinen Segen, und der Vorhang fällt.
Dies ist der erste Akt.

Im zweiten Akt ist es vor allem einmal finster. —
Unheimlich lange Vorwürfe und gegenseitige Anklagen ertönen aus irgendeiner Ecke. — Ortrud und Telramund streiten sich. — Er nennt sie eine Genossin seiner Schmach, und sie ist auch sehr unfreundlich mit ihm.
Nach langem Hin und Her beschließen sie, Elsa neugierig zu machen und ihr den Lohengrin zu verekeln.
Im Mittelalter erschien in der Nacht vor der Hochzeit die Braut immer auf dem Söller und sprach mit dem Monde, oder, wenn keiner da war, mit dem »Zephir«. Das sind lauter Übertriebenheiten, die man heute nicht mehr macht, weil man sonst für blödsinnig gehalten werden würde.
Während die Braut mit dem Zephir plaudert, seufzt Ortrud unten so laut, daß Elsa es hören muß.
Sie geht hinunter, liest Ortrud von der Schwelle auf und nimmt sie zu sich in den Palast. — Das war das Dümmste, was sie tun konnte.
Beim Brautzug erscheinen die gewiegtesten Chordamen als Brautjungfern und streuen Blumen. — Die Mannen beteiligen sich am Schreiten und singen in Synkopen. — Alles wallt majestätisch zur Kirche, da plötzlich drängt sich Ortrud vor Elsa und behauptet, sie gehöre nach vorne.

Es erhebt sich eine große Aufregung, und mitten in diesen Wirbel kommt der König mit Lohengrin. — Der überschaut sofort die ganze Situation und schleudert Blitze aus seinen Augen. — Er geht zu Elsa, nimmt sie beiseite und sagt ihr, sie solle sich ja nicht aufhetzen lassen und ihn fragen, weil er sonst sofort abreisen müsse. — Elsa meint, daß sie gar nicht daran denke und froh sei, daß sie endlich einmal heiraten könne. Er drückt sie an seine Brust, und sie schreiten weiter auf die Kirche zu.

Plötzlich, im letzten Moment, springt Telramund hinter einem Pfeiler hervor und beschimpft Lohengrin. — Sagt, daß er ein Zauberer sei und daß die ganze Geschichte doch höchst merkwürdig wäre. — Man soll mit einem Schwan angefahren kommen, man soll den Schwan wieder wegschicken, kein Mensch soll fragen dürfen, wer man ist, keine Legitimation, keine Ausweispapiere, kein Visum — gar nichts!

Walter Trier

Deshalb erkläre er die ganze Sache mit dem Gottesgericht für Blech und verlange die Revision der Angelegenheit.

Kurz und gut, Telramund ist, nach seiner Meinung mit Recht, aufgeregt.

Aber wenn einmal ein Vorurteil zu jemandes Gunsten Platz gegriffen hat, so kann der machen, was er will — er hat recht.

Telramund bekommt einen Stoß in den Magen und wird hinausgeschmissen. —

Lohengrin und Elsa setzen das unterbrochene Schreiten in die Kirche fort, die Mannen schlagen freudig bewegt mit den Schwertern auf ihre Schilde, und unter beifälligem Nicken des Königs fällt der Vorhang.

Dritter Akt. — Das Brautgemach. —

Lohengrin und Elsa werden von dem König hereingeführt, der, nachdem er den beiden praktische Winke diesbezüglich zuteil werden ließ, sofort wieder verschwindet. —

Der Zuschauer merkt schon an der Einrichtung, daß das eine sehr unerfreuliche Brautnacht werden wird.

Lohengrin singt so lange, bis ihn Elsa endlich fragt, welchen Geschlechtes er sei. Die Bombe platzt. — Zu alledem kommt noch Telramund herein und will Lohengrin erschlagen. — Der Anschlag mißlingt, Telramund fällt, von dem Blitze aus dem Auge Lohengrins getroffen, tot zu Boden. —

Er wird weggeräumt. —

Lohengrin sagt Elsa nichts. — Erst vor dem König will er reden. — Auch wieder eine Bosheit von ihm.

Während Elsa mit essigsaurer Tonerde gewaschen wird, fällt der Vorhang.

Verwandlung. —

Derselbe Platz wie im ersten Akt. — Der König erscheint hoch zu Roß. Dieses entledigt sich vor allem alles Innerlichen, während die Mannen siegesverlangend mit den Schwertern auf die Schilde schlagen.
— Es soll in den Krieg gehen. — Jeder einzelne lechzt nach Heldentod. —
Lohengrin soll ein Bataillon übernehmen. — Er kommt herein und sagt, er könne nicht mitkommen. — Zum Glück habe ihn Elsa gefragt, und nun müsse er heimwärts ziehen.
Zum Zeichen der Trauer schlagen die Mannen mit den Schwertern auf ihre Schilde. Elsa wird hereingebracht. — Sie wankt. — Entweder sie schreitet oder sie wankt.
Lohengrin stellt sich hin und singt die Gralserzählung.
Er sagt nichts Stichhaltiges, lauter Sachen, die er nicht beweisen kann und angesichts deren er von keiner Musterungskommission enthoben worden wäre. Aber alle glauben es. — Vielleicht tun sie nur so, weil es schon sehr spät ist und niemand durch einen Einspruch oder durch eine Debatte die Vorstellung noch mehr in die Länge ziehen will.
Während Elsa nach Luft verlangt, verabschiedet sich Lohengrin und gibt ihr ein Horn, einen Ring und ein Schwert.
Auf dem Horn soll sie blasen lernen, den Ring soll sie behalten, und das Schwert soll sie ihrem Bruder schenken.
Wie verwirrend!
Er geht.
Die Mannen schlagen zum Zeichen der Trauer mit ihren Schwertern auf ihre Schilde. Plötzlich erscheint die Ortrud wieder. Sie gibt keine Ruhe. — Sie schreit, daß sie den Bruder in einen Schwan verwandelt habe und daß sie an der ganzen Unannehmlichkeit schuld sei.
Lohengrin durchbohrt sie mit einem Blitz aus seinem Auge. —

Sie stirbt. —
Der Schwan taucht unter, und es springt ein übertrieben wonniger Jüngling — ein Prinz — aus dem Wasser und umarmt Elsa.
Der kleine Gottfried! —
Da Lohengrin nicht ohne jedes Zugtier wegfahren kann, kommt eine Taube und zieht ihn fort — was sehr unwahrscheinlich ist.
Elsa wankt und schreit, da fällt Gott sei Dank der Vorhang, denn es ist schon sehr spät. —
Die Oper ist aus! —

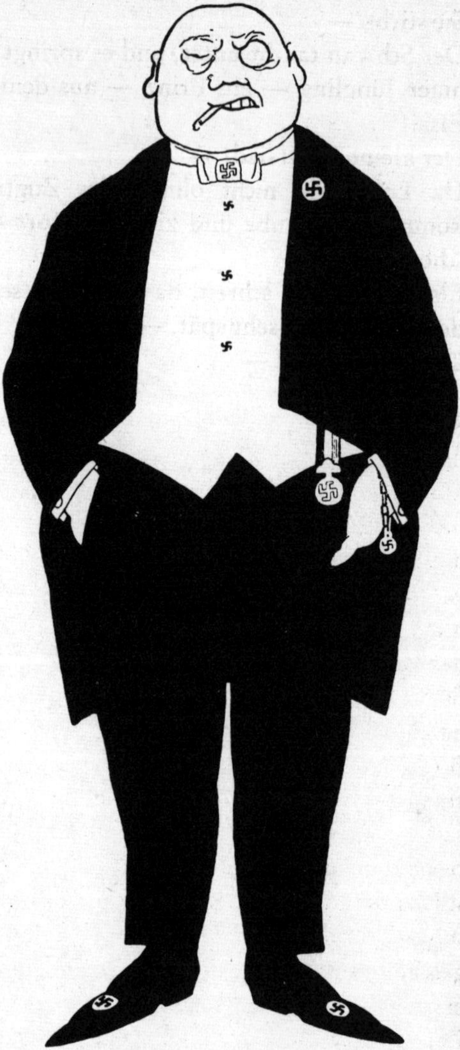

Karl Arnold
Der Rassemensch

Alfred Polgar

Die Uniform

Der Krieg ist ihre große Zeit, eine Zeit, in der auch der Zivilist nicht wie ein Zivilist aussieht, sondern wie militärisches Rohmaterial oder wie militärische Schlacke. Entweder greift ihn demnächst der Mechanismus, der aus Bürgern Krieger formt, oder er hat ihn, Rückstände eines verarbeiteten Stoffquantums, schon wieder ausgeworfen.
Die Uniform ist stärker als der, der sie trägt. In friedlichen Tagen gibt der Mann seinen Anzug zum Schneider, wenn er ihm nicht paßt, zur Kriegszeit läßt die Uniform sich den Mann nach ihren Bedürfnissen zurichten. Sie zieht ihn ein, nicht er sie an. Sie ist der Inhalt; der Mensch, der sie trägt, nur dieses Inhalts zufällige Form. Für gewöhnlich gilt: Das Kleid ist eine Fortsetzung der Haut. Für das Soldatenkleid gilt das nicht. Hier muß es heißen: Der Mensch ist eine Fortsetzung der Uniform nach innen.
Sogar Antlitze verwandelt die Uniform. Das Besondere in ihnen duckt sich lautlos, und das Typische überspielt es. Der Blick, war er früher ungeniert und frei, geht jetzt wie durch einen Filter von Demut. Das Mienenspiel scheint sehr vereinfacht. Und gebunden. Ungebundenheit der Mimik bleibt Vorrecht der höheren militärischen Ränge. In der Uniform verschwindet das Individuum. In Erscheinung tritt: das Gattungsexemplar. Der Mensch hört auf, ein Selbständiges, Abgeschlossenes zu sein. Er ist jetzt Teil, Splitter, Bruchstück, das erst durch Einfügung in ein Ganzes seinen Sinn bekommt.
Die militärische Tracht verrät unzweideutig, was in ihr steckt.

Freilich nicht, wer. Eben dies scheint Sinn und Witz der Uniform, daß sie den »Wer« verschluckt und nur das »Was« gelten läßt. Sie versinnbildlicht ein Phänomen des militärischen Daseins: die Vereinfachung und Versachlichung aller menschlichen Beziehungen in ihm. Viel Ersparnis an Kraft und Aufwand gestattet dies. Literweise vergeudet der Bürger Nervensäfte an die Sorge um sein Recht. Dem Mann in Uniform ist jeder Anlaß zu solcher Verschwendung genommen. Schimpf und Erniedrigung, die ihm angetan werden, Unvernünftiges, das ihm zu tun geheißen wird, trifft wie ein Elementarereignis, das Widerstand, Klage, Vergeltungswünsche ausschließt. Befehl kommt wie Schicksal, von Mühen des Einwands und der Abwehr lossprechend. Unrecht wie abspringender Funke von der ewigbrennenden Lohe der Widrigkeiten, die den Weg des Soldaten umleuchtet.
Die Uniform ist ein von der Kleiderfabrik verfertigtes Gewissen. Es mahnt den Uniformierten immerzu: Du hast aufgehört, irgendwelcher Zweck zu sein. Du bist Mittel. Vergiß das nicht, wenn's dich juckt, dein Selbst behaupten zu wollen.

Franziska Bilek

MANFRED KYBER

Lups

Herr Lups war ein Spatz. Seine Frau hieß Frau Lups. Denn dem Namen nach richten sich die Frauen nach ihren Männern. Es war Frühling, und Frau Lups saß auf ihren Eiern. Herr Lups hatte Futter herangeschleppt. Jetzt saß er auf dem Nest-

rand und blinzelte in die Sonne.
Die Menschen sagen immer, daß Spatzen frech und zänkisch sind, dachte Frau Lups, womit sie natürlich nur die Männchen meinen. Ich kann es von meinem Mann eigentlich nicht finden. Ein fertiger Ehespatz ist er zwar noch nicht, aber er macht sich. Herrn Lups wurde es langweilig.
»Ich möchte mich auch mal auf die Eier setzen.«
»Nein«, sagte Frau Lups — nicht aus Eigensinn, rein aus pädagogischem Empfinden.
»Piep!« sagte Herr Lups empört, »es sind auch meine Eier.«
»Nein«, sagte Frau Lups — nicht aus Eigensinn, rein aus pädagogischem Empfinden.
Herr Lups schlug erregt mit den Flügeln.
»Ich habe das Recht, auf den Eiern zu sitzen, ich bin der Vater!« schrie er.
»Schlage nicht so mit den Flügeln«, sagte Frau Lups, »es ist unschicklich, wenigstens hier im Nest. Außerdem macht es mich nervös. Ihr Männer müßt immer gleich mit den Flügeln schlagen. Nimm dir ein Beispiel an mir. Ich bin stets ruhig. Gewiß sind es deine Eier. Aber es sind mehr meine Eier als deine Eier. Das habe ich gleich gesagt. Denke dran, daß du verheiratet bist.«
»Daran denke ich unaufhörlich«, sagte Herr Lups.
»Aber du hast es vorhin anders gesagt. Das ist unlogisch.«
»Stör mich nicht mit deiner Logik«, sagte Frau Lups, »wir sind verheiratet und nicht logisch.«
»So«, machte Herr Lups und klappte arrogant mit dem Schnabel.
»Findest du das etwa nicht???«
Herr Lups hörte auf zu klappen.
»Ja, ja, meine Liebe«, sagte er.

Er macht sich, dachte Frau Lups.

»Ich werde jetzt in den Klub gehen«, sagte Herr Lups und putzte sich die Flügel.

»Du könntest dich auch mal auf die Eier setzen«, sagte Frau Lups vorwurfsvoll, »ich sitze schon den ganzen Vormittag darauf. Glaubst du, daß es ein Vergnügen ist? Dabei sind es deine Eier.«

Herr Lups dachte, die Sonne müsse aufhören zu scheinen. Aber sie schien weiter.

»Mir steht der Schnabel still!« schrie er. »Eben wollte ich auf den Eiern sitzen, da waren es deine Eier. Jetzt will ich in den Klub gehen, da sind es meine Eier. Wessen Eier sind es nun endlich?!«

»Schrei nicht so«, sagte Frau Lups, »natürlich sind es deine Eier. Ich habe es dir doch schon vorhin gesagt.«

Herrn Lups wurde schwindlig.

»Du irrst dich«, sagte er matt.

»Frauen irren sich nie«, sagte Frau Lups.

»Ja, ja, meine Liebe«, sagte Herr Lups und setzte sich auf die Eier, die nicht seine Eier und doch seine Eier waren.

»Männer sind so wenig rücksichtsvoll«, sagte Frau Lups mit sanftem Tadel, »du hast eben auch die weibliche Hand in deinem Leben zu wenig gefühlt.«

»O doch«, sagte Herr Lups und blickte auf die Krällchen seiner Gemahlin.

Frau Lups horchte aufmerksam an den Eiern.

»Eins piepst sogar schon im Ei«, sagte sie glücklich.

»Dann wird es ein Weibchen«, sagte Herr Lups.

Frau Lups sah ihren Gatten scharf an.

»Gewiß«, sagte sie, »es wird ein Weibchen. Die Intelligenz regt sich am frühesten.«

Herr Lups ärgerte sich sehr und brütete.
»Aber das erste, das herauskommt, wird ein Männchen!« sagte er patzig.
Frau Lups blieb ganz ruhig.
»Das, was zuerst piepst, kommt auch zuerst heraus«, sagte sie, »es wird also ein Weibchen. Im übrigen laß mich jetzt auf die Eier. Es wird kritisch. Das verstehen Frauen besser. Außerdem sind es meine Eier.«
»Ja, ja, meine Liebe«, sagte Herr Lups.
Nach kurzer Zeit kam das erste aus dem Ei.
Es war ein Männchen.
Herr Lups plusterte sich und zwitscherte schadenfroh.
»Siehst du«, sagte Frau Lups, »ich habe es dir gleich gesagt. Es wird ein Männchen. Aber ihr müßt eben alles besser wissen.«
Herr Lups sperrte den Schnabel so weit auf wie noch nie. Eine Steigerung war anatomisch undenkbar.
Aber er kriegte keinen Ton heraus.
Da klappte er den Schnabel zu.
Endgültig.
Jetzt ist er ganz entwickelt, es wird eine glückliche Ehe, dachte Frau Lups und half den anderen Kleinen behutsam aus der Schale. »Nun mußt du in den Klub gehen, liebes Männchen«, flötete sie, »du mußt dich etwas zerstreuen. Ich bat dich schon so lange darum. Auf dem Rückweg bringst du Futter mit.«
»Ja, ja, meine Liebe«, sagte Herr Lups.

Herr Lups hielt eine Rede im Klub.
»Wir sind Männer! Taten müssen wir sehen, Taten!!« schrie er und gestikulierte mit den Flügeln.

Frau Lups wärmte ihre Kleinen im Nest.
»Seinen Namen werdet ihr tragen, alle werdet ihr Lups heißen«, piepste sie zärtlich. Denn dem Namen nach richten sich die Frauen nach ihren Männern.

E. O. Plauen

Joachim Ringelnatz

Im Park

Ein ganz kleines Reh stand am ganz kleinen Baum
Still und verklärt wie im Traum.
Das war des Nachts elf Uhr zwei.
Und dann kam ich um vier
Morgens wieder vorbei,
Und da träumte noch immer das Tier.
Nun schlich ich mich leise — ich atmete kaum —
Gegen den Wind an den Baum
Und gab dem Reh einen ganz kleinen Stips.
Und da war es aus Gips.

Sich interessant machen
(Für einen großen Backfisch)

Du kannst doch schweigen? Du bist doch kein Kind
Mehr? — Die Lederbände im Bücherspind
Haben, wenn du die umgeschlagenen Deckel hältst,
Hinten eine kleine Höhlung im Rücken.
Dort hinein mußt du weichen Käse drücken.
Außerdem kannst du Käsepfropfen
Tief zwischen die Sofapolster stopfen.

Lasse ruhig eine Woche verstreichen.
Dann mußt du immer traurig herumschleichen.
Bis die Eltern nach der Ursache fragen.

Dann tu erst, als wolltest du ausweichen.
Und zuletzt mußt du so stammeln und sagen:
»Ich weiß nicht — ich rieche überall Leichen —.«

Deine Eltern werden furchtbar erschrecken
Und überall rumschnüffeln nach Leichengestank
Und dich mit Schokolade ins Bett stecken.
Und zum Arzt sage dann: »Ich bin seelenkrank.«

Nur laß dich ja nicht zum Lachen verleiten.
Deine Eltern — wie die Eltern so sind —
Werden bald überall verbreiten:
Du wärst so ein merkwürdiges, interessantes Kind.

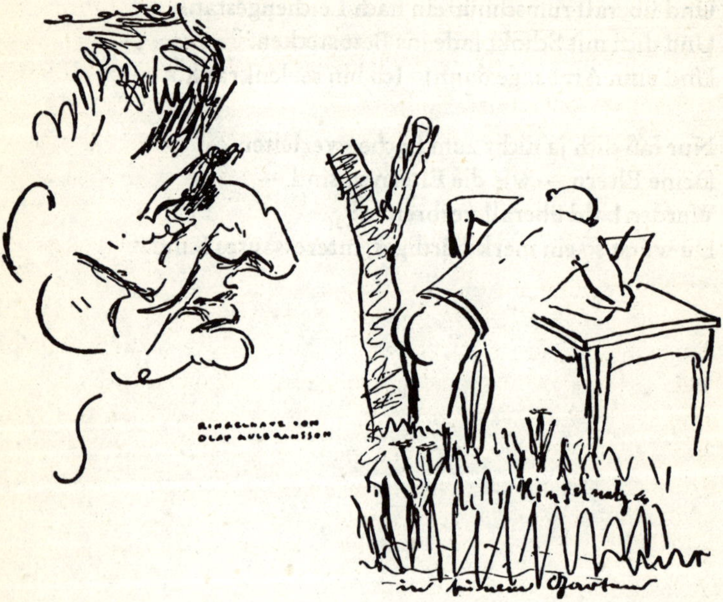

Ringelnatz und Gulbransson zeichnen einander

Heinrich Spoerl

Freischaffend

Es war in der S-Bahn. Ich fuhr III. Klasse, nicht weil es billiger ist, sondern weil mich die Leute interessieren.
Mir gegenüber sitzt ein Arbeiter, vielleicht Mitte Vierzig, müde und abgerackert und dreckig, kommt offenbar von der Arbeit.
Er mustert mich eine Zeitlang, dann will er etwas sagen, aber er traut sich nicht:
»— Wenn ick mir vielleicht eine Frage erlauben dürfte —?«
»Bitte.«
»— Ick überleje jerade — sind Se Musiker oder en Maler?«
Ich war ein bißchen perplex und lächelte. »Keins von beiden.«
Der Arbeiter war offenbar enttäuscht und suchte sich zu verteidigen: »Entschuldigen Se vielmals, aber Se sehen son bißken danach aus.« Dann sah er wieder auf den Boden.
Ich war froh, mit dem Mann ins Gespräch gekommen zu sein. »Wenn es Sie durchaus interessiert, ich bin Schriftsteller.«
Der Arbeiter überlegte einen Augenblick: »Schriftsteller? — Ach so, da schreibn Se so für de Zeitungen?«
»Nein, Bücher.«
Das schien ihm zu gefallen, und dann begann er zu beichten. Er käme nicht viel zum Lesen, das letzte Buch wäre vor zehn Jahren gewesen, »Segen der Erde« von Hamsun, ob ich das kenne. Das wäre sehr schön gewesen, und er hätte noch lange darüber nachgedacht.
In mir regte sich der Volkserzieher: »Wenn Ihnen das so gefallen hat, warum lesen Sie dann nicht öfter, oder gehen Sie

lieber ins Kino?«
»Nee, det jar nich, davon hat man nischt, det wirkt nicht nach. Da jeh ick lieber in meine Kneipe und klopp en Skat.«
»Der wirkt aber auch nicht nach.«
Das mußte er zugeben, aber dann erzählte er mir von seiner traurigen Wohnung im Norden, von dem alten Mietshaus, in dem er schon seit 15 Jahren wohnt, und dann wollte er auch wissen, wo ich wohne.
»Ich habe ein Häuschen in Bayern.«
»Sehen Se, det möcht ick mir och mal wünschen, son kleenet Anwesen, aber dazu wird et wohl nie langen.«
Dann sah er mich prüfend an: »Dann müssen Se doch ganz nett verdienen, wenn Se sich det haben leisten können?« Ich konnte es nicht bestreiten, und dann wurde er neugierig: »Wat kriejen Se denn nu für son Buch, wo Se schreiben?«
»Keine feste Summe natürlich, sondern 10 Prozent von jedem Buch, was im Laden verkauft wird.«
»Went nu aber nich verkauft wird?«
»Dann bekomme ich auch nichts.«
Er sah mich groß an:
»Aber dann haben Se de janze Arbeit für umsonst jemacht.«
Und dann sah er nicht auf den Boden, sondern musterte lange meine Schuhe. Und ich sah auch auf seine Stiefel. Und er sagte: »Da ham Se wohl Jlück jehabt, wa? Ham Se Jeld für bekommen, wat Se jeschrieben haben? So ville vadiehne ick nich. Aber wenn ick wat arbete, denn weeß ick wenigstens, det Jeld dafor is mir sicher.«
Der Zug donnerte in eine S-Bahn-Station. Ich mußte aussteigen. Wir grüßten uns noch einmal flüchtig. — »Sie!« — ich drehte mich herum -- »Sie, und deshalb will ick mit Sie och janischt tauschen.«

Mirko Szewczuk

»Schon wieder so'n geistiger Arbeiter!
Warum verlassen sich die Leute auch auf ihr Gehirn?!«

SIEGFRIED VON VEGESACK

Der Zartbeseelte

Ich bin ein zartbeseelter,
von Nerven und Skrupeln gequälter
überempfindlicher Mann.
Z. B. ich kann
nie auf die Toilette gehn,
wenn Damen im Korridor stehn.
Stumm
dreh ich mich um,
erröte und begreife es selbst nicht: warum.
Im Grunde ist doch dieser Gang das Selbstverständlichste
in der Welt,
etwas ganz Natürliches.
In Italien ist es sogar nichts Ungebührliches,
wenn man sich einfach an die Hauswand stellt ...
Aber ich bin eben überempfindlich.
Unüberwindlich
sträubt sich etwas in mir,
daß irgend jemand meine Verrichtung zur Kenntnis
nähme ...
Ich schäme
mich ganz ohne Grund.
Immer beneide ich in dieser Hinsicht den Hund.
Am schlimmsten sind die Gelegenheiten in Schweden:
Familiensofas für zwei, drei — ja, es gibt sogar Klos
für sage und schreibe sechs Popos —
von einem Viersitzer schon gar nicht zu reden ...

Ich bewundere diese Menschen im Norden.
Aber den Erfinder des schwedischen Klos könnte ich
morden . . .
Nein, am besten ist doch die Natur,
ein Örtchen im Frei'n.
Nur
dürfen dort Ameisen und Schlangen nicht sein.
Und es muß Sommer sein, weil man sonst erfriert.
Vor einem Eichhörnchen habe ich mich noch nie geniert.
Zehn Eichhörnchen im Walde, so kommt mir vor,
stören weniger als zwei Damen im Korridor,
die sich diesen Ort zum Plaudern erwählten . . .
Gnädiges Fräulein, bleiben Sie nie auf einem Korridor
stehn,
es könnte sein, jemand möchte vorübergehn,
haben Sie Nachsicht mit einem Zartbeseelten!

Olaf Gulbransson

Der reine Tor
»Wenn ich doch nur einmal den Busen der Natur zu sehen kriegte!«

Kurt Tucholsky

Wenn die Igel in der Abendstunde
Für achtstimmigen Männerchor

Wenn die Igel in der Abendstunde
still nach ihren Mäusen gehn,
hing auch ich verzückt an deinem Munde,
und es war um mich geschehn —
Anna-Luise —!

Dein Papa ist kühn und Geometer,
er hat zwei Kanarienvögelein;
auf den Sonnabend aber geht er
gern zum Pilsner in'n Gesangverein —
Anna-Luise —!

Sagt' ich: »Wirst die meine du in Bälde?«,
blicktest du voll süßer Träumerei
auf das grüne Vandervelde,
und du dachtest dir dein Teil dabei,
Anna-Luise —!

Und du gabst dich mir im Unterholze
einmal hin und einmal her,
und du fragtest mich mit deutschem Stolze,
ob ich auch im Krieg gewesen wär . . .
Anna-Luise —!

Ach, ich habe dich ja so belogen!
Hab gesagt, mir wär ein Kreuz von Eisen wert,
als Gefreiter wär ich ausgezogen,
und als Hauptmann wär ich heimgekehrt —
    Anna-Luise —!

Als wir standen bei der Eberesche,
wo der Kronprinz einst gepflanzet hat,
raschelte ganz leise deine Wäsche,
und du strichst dir deine Röcke glatt,
    Anna-Luise —!

Möchtest nie woandershin du strichen!
Siehst du dort die ersten Sterne gehn?
Habe Dank für alle unvergesserlichen
Stunden und auf Wiedersehn!
    Anna-Luise —!

Denn der schönste Platz, der hier auf Erden mein,
das ist Heidelberg in Wien am Rhein,
    Seemannslos.
Keine, die wie du die Flöte bliese . . .!
Lebe wohl! Leb wohl.
    Anna-Luise —!

Werbekunst oder: Der Text unsrer Anzeigen

»Was kann es nur sein?« denkt jener Tänzer, um den sich früher die reizvollsten Erscheinungen der großen Salons geschart haben, während er heute allein und verlassen in der

Ecke sitzt. Ist es der Tabaksgeruch, den er ausströmt? Oder gar andere Charakterfehler? Nein. Der junge, elegante Mann hat leider vergessen, einen Hosenknopf zu schließen, und indigniert und beschämt sehen die jungen Damen von Geschmack beiseite, weil ein inkonsequenter Charakter auf Frauen keinen Eindruck hervorzuzaubern versteht. Gebrauchen Sie »Automatos«, den selbsttätigen Reißverschluß, und Ihre Haut wird niemals spröde und rissig werden.

Im Banne der Liebe ermüdet man leicht. Die Nerven sind aufs höchste gespannt; die Luft im Raum ist heiß, drückend und schwül mit ü. In solchen Augenblicken erfrischt nichts so sehr wie eine Tasse klarer Nudelbouillon, die Sie aus »Lubarschs Suppenwürfel« gewinnen können. Ein Täßchen heißer Brühe bringt Ruhe und Sicherheit, vielleicht das Glück!

Wenn Baby die Tintenflasche ausgetrunken hat, geben Sie ihm einen Bogen von Hermann Burtes Löschpapier zu essen. Dieses Mittel wird von den Kleinchen erfahrungsgemäß gern genommen, und auch durchnäßte Erwachsene profitieren häufig davon. Gepflegte Kinder in gutbürgerlichen Haushalten sollten von Zeit zu Zeit diese Kur machen — der kleine Steppke, den Sie hier im Bilde sehen, weiß seit seiner Geburt nicht, was Feuchtigkeit ist. Kein Volk ohne Löschpapier! Hermann Burte & Hans Grimm, Löschpapier en gros.

Mehr als ein Souvenir — ein Zaubermittel wie vom Hexenmeister Cagliostro ist Rosens Toilettenpapier. Edel, rassig und schnittig in der Linie, hat es sich rasch in die Aristokratie der Eleganz eingeschmeichelt. Vergessen Sie nicht, bevor Sie das zierlich gebundene Paketchen verschenken, die Ecken der einzelnen Blätter umzubiegen: Sie geben dadurch Ihrem Geschenk eine persönliche Note. *(gekürzt)*

Bele Bachem

PETER PAUL ALTHAUS

Ich bin die Blüte an einem Bischofshut;
wenn Sie mich nicht kennen sollten: Ich bin eine Kakteenart.
Ich habe einen ganz feinen Damenbart
und stehe im Kinderzimmer der amerikanischen Familie
Tickletoot.
Die Tickletootschen Kinder, zwei Knaben
im Alter von acht und zehn Jahren,
haben,
wenn die Eltern abends im Kino waren —
Nein anders: Mit dem elektrischen Rasierapparat

ihres Vaters versuchen
sie, mich zu rasieren.
Ich darf aber als Blüte an einem Bischofshut nicht fluchen;
und als Pflanze kann ich mich auch nicht revanchieren.
Das einzige, was ich bisher tat:
ich habe im ganzen Hause dreimal Kurzschluß gemacht.
Aber die Tickletoots erziehen ihre Kinder amerikanisch und haben nur gelacht.

Ich bin eine Dahlie.
Das heißt: Amalie,
die Haushaltshilfe bei Geheimrat von Zossen,
hat mich zu wenig begossen;
daher bin ich nicht mehr, sondern war eine Dahlie.
Amalie,
damit du es nur weißt!! —:
Ich spreche aus dem Blumenhimmel
zwischen Hundspetersilie und Kümmel
als Blumengeist!
Wir sind hier alle gleich
im Blumenhimmelreich;
auch Sauerampfer und Süßholz und Klee
sind reine Idee.
Wir duften ad majorem Dei gloriam, so gut wir es vermögen; —
aber ich brauche dazu noch etwas irdischen Wassersegen.
Komm bald, Amalie!
Ich schicke dir für deine Versündigung
eine sanfte Lungenentzündigung.
Komm bald, Amalie! —
Deine Dahlie!

Karl Valentin

Als die Nazi-Zeit hereingebrochen war, sagte Valentin: »I sag gar nix. (Trotzig:) Dös wird man doch noch sagen dürfen . . .!«

Valentin war Brieftaubenzüchter. Eines Tages fuhr Liesl Karlstadt mit einer Taube im Käfig nach Feldafing bei München, um sie dort zum Heimfluge loszulassen. »Ich wart und wart«, erzählt Valentin, »aber keine Taube fliegt in den Schlag. Endlich halt ich's nicht mehr aus, geh auf die Straße, geh die Allee in Richtung Feldafing — da seh ich von weitem etwas sich am Boden bewegen. Ich schau näher hin: also kommt mir das Rabenvieh doch zu Fuß entgegen!«

Dem Valentin wurde alles zum Symbol. Eines Tages trug er stolz eine dicke Hornbrille auf der Nase. Da machte ihn sein Faktotum, die Liesl Karlstadt, darauf aufmerksam, daß die Brille ja gar keine Gläser habe! — »Immer besser noch, als gar nix . . .«, meinte Valentin tiefsinnig.

Eines Tages war Valentin seine Taschenuhr gestohlen worden. Zu Haus hatte er noch seine Standuhr im Speisezimmer. »Wann i jetzt morgens ausgeh«, sagte Valentin, »dann schau i mir meine Standuhr recht lange an — recht lange: damit i mir die Zeit für den ganzen Tag merken tu . . .!«

Valentin und Otto Reutter

Karl Valentin, der Münchener Komiker, langte in Kissingen zur Kur an. Den Koffer in der Hand, spaziert er durch eine

Allee und sieht vor sich eine Gestalt gehen, die ihm bekannt vorkommt — richtig, es ist der Komiker Otto Reutter: selbst von der Rückseite unverkennbar! Reutter wandelt tief in Gedanken, läßt die Arme steif hängen und hält dabei die Finger gekrümmt, als wenn er zwei unsichtbare Koffer trüge.

Karl Valentin erkennt seine Chance, schleicht katzenartig von hinten heran — und hängt seinen Koffer ganz vorsichtig in die gekrümmten Finger hinein! Und wartet gespannt auf den Effekt —?

»Der Reutter hat mich damals besiegt«, erzählt Karl Valentin weiter: »Stellen Sie sich vor: der Mann ist ganz ruhig, ohne sich umzusehen, weitergegangen — mit dem Koffer in der Hand!

Kann man halt nix machen . . .«

Ernst Penzoldt

Über den Humor

Dionysios, Tyrann von Syrakus, bat einst den Philoxenos um ein Urteil über seine Gedichte und schickte ihn, der sie herzlich schlecht gefunden hatte, in die Latomien, jene berühmten Steinbrüche, die heute wegen ihrer romantischen Schönheit gern von Fremden besucht werden, damals aber als Gefängnis dienten. Ein Jahr später läßt er ihn abermals zu sich rufen und liest ihm seine neuesten Gedichte vor. Philoxenos hat nicht lange zugehört, so steht er auf und wendet sich zum Gehen. Wohin, fragt der Tyrann. Wieder in die Latomien, antwortet Philoxenos. Diese antike Anekdote vermag uns heute noch zu erheitern, weil sie echte Elemente des Humors besitzt: Geist, Freiheit des Herzens und Melancholie.

Wie die Geschichte endete, ob der dichtende Tyrann dem wahrheitsliebenden Philoxenos verziehen hat oder noch mehr über ihn ergrimmt war, bleibt gleichgültig. Eine höhere Instanz, gegen die von jeher Latomien, Verbannung und selbst der Tod als machtlos sich erwiesen haben, hat hier rechtskräftig entschieden: der Humor. Die einen nennen ihn golden, andere gottbegnadet oder unsterblich, was nichts anderes sagen will, als daß er unabhängig von der Menschen Witz und Willen in der Welt wirkt als Elementargesetz.

Der Humor ist allgegenwärtig und souverän, den lebendigen Wesen und den Dingen gleich eigentümlich. Niemand entrinnt ihm, er ist das himmlische Maß, mit dem alle Würde und Eitelkeit der Welt gemessen wird. In ihm durchschaut die Welt sich selbst.

Ich erinnere mich — es war im ersten Weltkrieg — eines schwerverwundeten Offiziers im Keller von Fontaine, der die Ärzte, während sie seine Wunde versorgten, durch seinen Humor so zum Lachen brachte, daß sie fast nicht weiterarbeiten konnten. Auch die übrigen Verwundeten hoben die Köpfe und lächelten unter Schmerzen. Furchtlosigkeit ist ja gerade die erhabenste Tugend des Humors.

Andersens Märchen von des Kaisers neuen Kleidern ist ein anmutiges Gleichnis für diese Tugend: wie auf alten Gemälden zuweilen eine Person sich aus dem Bilde an den Beschauer wendet und auf den dargestellten Vorgang mit gestrecktem Finger weist, über den Rahmen hinaus als Vermittler figurierend, so deutet bei Andersen ein kleines Kind auf den würdig wandelnden König und ruft mit heller Stimme: Er hat ja gar nichts an! Dieses Kind ist der Putto des Humors, das, was Amor in der Liebe ist. Es läßt sich nichts weismachen. Es gibt die Erlaubnis zum befreienden Lachen. Ihm ist im Märchen die Aufgabe zugefallen, auszusprechen, was die Großen in ihrer Angst, für dumm zu gelten, kaum sich zu denken trauten: Er hat ja gar nichts an! Es gibt den gefangenen Herzen die Freiheit wieder und öffnet Augen und Münder.
Es macht das Märchen besonders liebenswert und persönlich, daß der König weder erzürnt noch Haltung verliert, sondern in Würde weiterschreitet. Er ist eben doch ein König.
In den Hofnarren und lustigen Räten gaben einst einsichtige Fürsten und geistige Herren dem Humor am Hofe sein Recht, vielleicht aus einer ähnlichen Überlegung, aus der die Holzknechte Mäuse füttern, damit sie ihnen nicht an die Vorräte gehen. Die Einschätzung des Humors in der geistigen Verfassung der Völker ist ein sichtbarer Gradmesser ihres guten oder

Der Witzerzähler

Der Spaßmacher

Der Stammtischwitz

Der Humorist

Karl Arnold

bösen Gewissens, ihres Gesundheitszustandes und ihrer Widerstandsfähigkeit!

Ich las einmal in einem Aufsatz des Engländers Harold Nicolson über sein Vaterland folgenden Satz: »Selbst über den besterzählten Witz lacht kein Engländer laut, er sei denn ein Mitglied der königlichen Familie oder beschwipst.« Eine Beobachtung, über die der König von England sicher laut gelacht hat.

Im Dritten Reich während einer Kindervorstellung in einem Kino erschien auf der Leinwand Goebbels als Redner, der zum Entsetzen der anwesenden Erwachsenen von den Kleinen mit unverhohlener Heiterkeit empfangen wurde, die sich zu schallendem Gelächter steigerte, als durch einen technischen Fehler plötzlich der Ton ausblieb, so daß man, wie einst im stummen Film, lediglich die Mundbewegung des Sprechers sah. Das war wohl wirklich zum Lachen, und das taten die Kinder in aller Unschuld. Die Großen hatten diese beneidenswerte Unschuld nicht mehr, die eine Voraussetzung für den Humor ist und für seine Halbschwester, die Komik: jene naive Unvoreingenommenheit, die das Kind bei Andersen rufen ließ: Er hat ja gar nichts an! Die Erwachsenen hatten Angst.

Sinn für Humor war von je und zu allen Zeiten eine Eigenschaft nicht allzu vieler. Schöpferischer Humor war stets die Gnade einiger weniger. Er läßt sich nicht kommandieren, er kommt zu seiner Zeit. Dagegen spricht nicht die Entstehung des »Zerbrochenen Kruges« im poetischen Wettstreit mit Zschokke und Wieland. Daß ein und derselbe Dichter die Komödie und die Tragödie beherrschen müsse, fordert Sokrates im Gastmahl. Ein Blick auf Lessings Totenmaske genügt, daß man sehe, hinter welchen Stirnen der Humor zu wohnen liebt.

Als vor vielen Jahren ein Luftschiff bei seiner Pressefahrt havarierte und nach gefährlichem Sturz aus den Lüften die Gondel höchst unsanft auf die Erde aufschlug, sprach ungeachtet der allgemeinen Panik der Feuilletonredakteur der »Frankfurter Zeitung«, Geck, die klassischen Worte: »Meine Herren, ich glaube, wir sind da!« Ein erlösender Ausspruch, ohne Zweifel von bewundernswerter Geistesgegenwart. Allein, es brach ein Sturm der Entrüstung los ob solcher Frivolität in der Stunde der Gefahr. Denn: der Humor hat zahllose Feinde.

Lyonel Feininger

Großpapa auf dem Rad

OSKAR MARIA GRAF

Geburtstagsrede zu seinem Sechzigsten von ihm selbst

Schlicht und schlecht, mit einer geradezu entwaffnenden Liebenswürdigkeit, die der »Generosität und dem Scharm« weiter Kreise der heutigen Literaturinteressenten entspricht, werde auch ich manchmal mit anderen Berufskollegen als »berühmter Autor« bezeichnet.
Das ist in meinem speziellen Fall ganz entschieden zuviel des

Guten. Abgesehen von der »Höflichkeit«, die wahrscheinlich der Grund dieser Übertreibung ist, entspricht diese Behauptung auch keineswegs den Tatsachen. Eitelkeitshalber will ich mir natürlich gern einreden, daß meine sporadischen kleinen Beiträge in deutschen Zeitungen und Zeitschriften hin und wieder von verschiedenen Leuten gelesen werden, aber man wird mir zugeben müssen, daß das noch lange nicht für eine »Berühmtheit« auslangt. So etwas macht höchstenfalls, mit Heine zu reden, »berühmt bei allen Bekannten«.
Und wenn nun der eine oder andere gar darauf verfallen sollte, meine Bücher heranzuziehen, um mir partout eine gewisse »Berühmtheit« aufzuschmeicheln, bitte schön, ich kann nichts dafür, aber lassen wir das lieber! Ehrlich gesagt (ich weiß freilich, daß das für mich geschäftsschädigend ist), offen gestanden, meine sehr verehrten Herrschaften, wenn ich ein von mir verfaßtes, fertiges Buch in der Hand halte, wundere ich mich heute noch genauso wie beim erstenmal. Ich begreife durchaus nicht, daß ich so was fertiggebracht habe. Ganz und gar unvorstellbar ist mir, daß diese Bücher tatsächlich gelesen werden, ja daß einige davon sogar von wirklich ernst zu nehmenden berühmten Leuten und von vielen Zeitungskritikern gelobt worden sind! Für mich nämlich ist so ein Buch, wenn es einmal da ist, vollkommen vergessen. Wie vergessen, will ich gern an einem Beispiel zeigen. Sie mögen es glauben oder nicht, ich kann nur sagen, es ist wirklich so: Freunde von mir haben mir schon oft Szenen und Geschichten aus meinen Büchern erzählt, ohne natürlich zu verraten, daß dieselben von mir sind. Ich kannte keine einzige dieser Szenen und Geschichten, ich erinnerte mich nicht im geringsten an sie. Und wenn zum Schluß diese zweifelnden Freunde zu mir sagten: »Verstell dich doch nicht gar so, Mensch, das ist doch von dir!«,

war ich wahrhaftig baß erstaunt. Ich habe über diese sonderbare Vergeßlichkeit meinerseits oft nachgedacht und nie eine einleuchtende Erklärung dafür gefunden. Vielleicht rührt sie von meiner Vergangenheit her; denn mein seliger Vater war Bäcker, und wir Söhne lernten alle seinen Beruf daheim. Wurden unsere Semmeln und unser Brot gelobt, so fühlten wir uns natürlich gehoben und geschmeichelt, aber wie lange dauerte das denn schon? Nur so lange, bis die Semmeln und das Brot gewesen waren. Und was war es eigentlich, was uns an ihnen wichtig erschien? Solange wir den Teig machten und Semmeln und Brot formten, schließlich buken — bis dahin war uns alles sehr ernst, sehr wichtig. Einmal fertig, verkauft und weg, war das alles verflogen. Ich meine immer, so muß es auch mit der Schriftstellerei sein, und sicher werden mir einige Kollegen dabei zustimmen: Wichtig ist alles bloß, solange man daran arbeitet, die Worte überlegt, die Sätze formuliert — ist das Buch gedruckt und unter den Leuten, dann ist es fertig, fremd und vergessen.

Aber kommen wir wieder zurück zur Berühmtheit. Ich meine natürlich jene wirklich stabile, seriöse Berühmtheit, die sich nicht nur zu Lebzeiten eines damit behafteten Menschen unverändert hält und berechtigterweise auch dessen Tod überdauert, also eine Berühmtheit mit der Pensionsberechtigung auf Nachruhm wie etwa die von Thomas Mann und Albert Einstein.

In München hat einmal vor langer, langer Zeit eine Zeitung eine Umfrage bei ihren Lesern veranstaltet: »Was ist Berühmtheit?« Da antwortete ein Einheimischer: »Berühmtheit ist, wenn jemand überall sofort erkannt wird und alles von ihm in die Zeitung kommt.«

Ich muß zugeben, nie wieder habe ich eine präzisere Definition

Eduard Thöny

Das neue Proletariat
»Ein armer geistiger Arbeiter bittet um einen warmen Löffel«

zu lesen bekommen. Ich habe in meinem Leben nur einen einzigen mit vollem Recht hochberühmten Menschen kennengelernt, bei dem man das keinen Augenblick merkte. Das war die verstorbene, unvergeßliche Ricarda Huch, mit der ich von ungefähr 1925 bis 1932 auf vielen Faschingsfesten zusammengesessen bin. Ihr gegenüber am Tisch saß stets die ebenfalls schon verstorbene lokalberühmte Simplicissimus-Wirtin Kathi Kobus, und manchmal kam der selige Max Halbe dazu. Kathi sah stets aus wie eine strotzend-farbige, mit dickem Schmuck behangene Frauenfigur von Goya: fett, faltig, fleischig, gewissermaßen gewalttätig prunkend. Zu ihr paßte der ostpreußisch massige, gedrungen gebaute Halbe mit dem weinroten Mopsgesicht ausgezeichnet. Komischerweise aber standen sich Kathi und Ricarda viel näher. Oft sah es aus, als wären sie nahe Verwandte, die miteinander so ein Fest besuchten. Der Unterschied ihrer Erscheinung war beinahe grotesk. Ricarda Huch sah aus wie eine hochgewachsene, vornehme, steife Adlige aus der Bismarckzeit: scheinbar ganz trocken, zugeknöpft wie eine alt gewordene Mädcheninstitutslehrerin, was besonders dadurch betont wurde, daß sie stets ein uraltmodisches Stäbchenkragenkleid trug. Ihr altes, auffallend hängebackiges, ungewöhnlich häßliches Gesicht mit den hochgekämmten, wirren weißen Haaren war ebenso weingerötet wie das von Halbe, aber es zeigte alle Zerstörungen, die der unbarmherzige Geist eben in so einem Gesicht anrichtet. Nur mitten in dieser schrecklichen Gesichtslandschaft schwammen zwei große, leicht wässerige Augen, die wahrscheinlich kein Mensch, der je in sie geschaut hat, je wieder vergessen hat.

Wie alle damals ins Kraut schießenden Münchner Künstler und Schriftsteller, die sehr jung waren und noch weiß Gott was von sich hielten, habe ich mich natürlicherweise oft recht

ungebärdig benommen. Schon deswegen, weil ich meistens betrunken war. Kurz und gut, die Kathi Kobus, immer besorgt, daß ihre reiche Toilette nicht in Unordnung kam, hatte Angst und ärgerte sich, wenn ich, die volle Weinflasche in der Hand, unflätig laut und krawallierend an den Tisch kam, und fing stets zu schimpfen an: »Oskar, sauf nicht soviel! Mach keinen solchen Spektakel, das gehört sich nicht! ... Wenn du dich nicht benimmst, da wirst du nie berühmt. Du hast überhaupt keine Art und Manier ... Schäm dich, vor so einer berühmten Frau wie der Ricarda Huch aus der Flasche zu saufen! Geh, geh! ... Abscheulich bist du, ganz abscheulich!« Sie schaute dabei auf die leicht lächelnde Huch, aber von der kam keine Zustimmung, ganz im Gegenteil. Sie verzog ihren breitlippigen Mund und ihre hängenden Backen und sagte bloß: »Aber Kathi, das gehört doch zu ihm. Er ist doch ein Bär ... Das Berühmtsein kommt ganz von selber, dagegen kann man nichts machen.«
Die Kathi schaute bloß noch finsterer und enttäuschter drein und knurrte: »Der — und berühmt? ... Der wird's höchstens einmal vom Saufen!« Und wiederum sagte die unvergeßliche Ricarda Huch: »Besser so als anders, Kathi ... Berühmtsein ist doch fad ... Das ganze Privatleben geht dabei flöten ...«
Goldene Worte, wahrhaftig. Goldene Worte! —
Denn stellen Sie sich, meine sehr verehrten Herrschaften, doch einmal ganz eindringlich etwa so was vor: Was soll ein berühmter Mensch, von dem rein alles, was er spricht und tut, in die Almanache kommt, anfangen, um doch wenigstens halbwegs zu einem Privatleben, zu einer behaglichen Gemütlichkeit zu kommen? Von irgendeinem jener kleinen, wohlschmeckenden, gemeinhin aber doch ein bißchen anrüchigen Genüsse schon ganz zu schweigen! Vom Beruf kommt so ein

armer Mensch zur Berufung, von da aus zu einem wohlbestallten Ruf, zu Ruhm — und? Und was hat er davon?
Kann er vielleicht — um bloß die allermildesten Zufälle zu nennen — auch nur pfeifen oder seinem Unwillen krawallierend Luft machen, wenn er ein langweiliges, schlechtes Theaterstück sieht? Kann er etwa bei einem Vortrag, in den man ihn geschleppt hat, in den er gehen muß, weil über ihn gesprochen wird, kann er da einfach aufstehen und davongehen, wenn es ihm nicht paßt?
Ausgeschlossen! Unmöglich. Und — er wird es übrigens auch nicht tun, wenn er auch noch so gerne wollte. Er tut's nicht. Das Berühmtsein hat ihm bereits diktiert, daß er sich dabei in Geduld fassen muß, daß er eine bestimmte Maske tragen muß, daß er sich so und so benehmen muß. Er hat die schwere, unverdiente Aufgabe, fortwährend zu üben, wie er sich sein ganzes Leben lang zu langweilen hat.
Ich danke dafür, mir graut vor so einem Zustand! Kalt über den Rücken rinnt es mir hinunter, wenn ich mir ausmale: So ein Weltberühmter kann und darf sich nie toll und voll betrinken und mit voller Lust auf einer nächtlichen Straße singen — das soll so einer einmal wagen! Die Berühmtheit verhält sich zu ihm wie eine bissige Gouvernante zu den ihr anvertrauten Kindern. Angst und Schrecken verbreitet sie in ihm, Unsicherheit und ganz bestimmt auch eine Art von rachsüchtiger Bosheit; aber über die will ich mich lieber nicht weiter auslassen.
Und man stelle sich bloß einmal vor: So einem weltberühmten Mann begegnet unverhofft ein Mädchen, ein Mädchen, das ihm das Blut in den Kopf treibt, ein Mädchen mit allen Eigenschaften, die das Fleisch, das Herz und die Seele total in Verwirrung bringen. Kann er vielleicht rundweg und platterdings

den Sprung in das Meer seiner geheimen Süchte wagen? Kann er auch nur halbwegs all seine unterdrückten Phantasien realisieren, und zwar gleich, sofort, auf dem Fleck, wo er grad steht? Ach, der arme berühmte Mensch kann bloß trocken schlucken, resigniert heimgehen und das alles in seinem Werk verarbeiten. Sagen Sie mir selber — ist das nicht die reinste Hölle auf Erden? (Im übrigen, wenn ich die ganzen, aber insbesondere die späteren Liebesverhältnisse Goethes Revue passieren lasse, ich weiß nicht — entschuldigen Sie die Profanierung, bitte schön! — ich weiß nicht, ich bring' dabei den Verdacht nie los, als sei's auch bei ihm immer nur zum trockenen Schlucken und resignierten Heimgehen gekommen. Die Karlsbader Elegie spricht deutlich dafür.
Aber deswegen hat dieser berühmte Mann wohl auch so viel Berühmtes fertiggebracht.)
Um ein für allemal den Gefahren des Berühmtwerdens zu entgehen, habe ich mir seinerzeit in München, als meine Schriftstellerei schon ganz gut florierte, Visitenkarten drucken lassen: »Oskar Maria Graf, Provinzschriftsteller«, und des Geschäfts wegen habe ich gleich darunter setzen lassen: »Spezialität ländliche Sachen.« Damit habe ich wenigstens erreicht, daß man mich damals (es war noch die Vorhitlerzeit) in die Kategorie der ehrsamen Geschäftsleute eingestuft hat.
»Oskar«, hat mein leider auch schon verstorbener Freund, der Maurermeister Jakob Gögl, damals lobend gesagt: »Bei dir kennt man sich aus, wennst einem die Visittenkartn gibst ... Da weiß man, wer du bist und was du lieferst. Großartig.«
Und, Gott sei Dank, hier in New York habe ich mir solche Kosten ersparen können. Ich bin endlich wieder in die glückliche, fast anonyme Atmosphäre eines Menschen hineingekommen, der tun kann, was er will.

Außerdem aber auch, weil ich das Berühmtsein eines Menschen so bedauernswert finde und jeden davor bewahren will, habe ich neulich einigen deutschen Kollegen, die hier auf Besuch waren, den ernsthaften Vorschlag gemacht, einen Verein mittelmäßiger Schriftsteller zu gründen. Das wäre der einzige Verein, dem ich als allzeit aktives Mitglied beitreten würde.
Aber, mein Gott, wie habe ich mich da wieder einmal geirrt: Die Herren Kollegen waren fast beleidigt, schließlich faßten sie's als gutmütigen Ulk auf, und von so einer Vereinsgründung hat natürlich keiner etwas wissen wollen. Jeder drängt sich, damit er nur möglichst schnell berühmt wird. Ist das nicht schrecklich? Wissen denn diese guten, normalen Menschen nicht, was sie da erwartet? Bedenken sie denn keinen Augenblick, welch einem grausamen Selbstterror so ein Berühmter beständig unterliegt? Er ist viel, viel ärger dran als etwa ein wohlbehüteter, sittsam gehaltener Sprößling aus bester Familie, der höchstenfalls einmal ganz im geheimen ins Freudenhaus gehen kann. Und es bleibt ihm bei seiner Berühmtheit nur übrig, als unanfechtbarer ordentlicher Spießbürger seine Jahre zu verbringen. Alles, was das schöne Leben für einen einfachen Menschen an Freuden zu bieten hat, ihm bleibt's versagt. Zum Schluß ist er weltberühmt, hat bloß Scherereien und kriegt zu guter Letzt dicke Kränze aufs Grab, und ebenso armselige Menschen wie er halten ihm Grabreden.
An was erinnert mich das immer? An die lange geprüfte katholische Novize, die endlich zur Klosterfrau geweiht wird. Bei einer solchen Weihe muß sie bekanntlich stundenlang auf dem kalten Pflasterboden liegen und wird dabei mit einem härenen Tuch zugedeckt. Dieser Ritus gilt gewissermaßen als Symbol ihrer Auslöschung als irdischer Mensch. Der Name wird ihr abgesprochen, sie darf keine Eltern und Verwandten

mehr sehen und darf nie, nie wieder ihrer gesunden Natur entsprechend leben, sie muß absterben und eingehen in Gott.
Hat also der schlichte Mann in München auf die Zeitungsumfrage mit seiner Antwort nicht genauso recht gehabt wie die große, unvergeßliche Ricarda Huch, damals beim Fasching?
In Anbetracht dessen kann ich nur mit dem gut bayrischen Spruch antworten: »Besser du lebst, als du giltst was . . .«

UNS IST BESCHIEDEN DIES UND DAS,
DER EINE SITZT TROCKEN,
DER ANDRE NASS"

Eugen Roth

Altes Volksmittel

Wer Gelbsucht hat, der heilt sie bald:
Er gehe in den nächsten Wald
Und schau (und glaube fest daran!)
Durchdringend einen Grünspecht an.
Nur reden darf er keine Silben!
Der Grünspecht wird sofort vergilben.
Der Kranke aber, kerngesund,
(Sofern er diesen Vogel fund,
Der ihm gegangen auf den Leim)
Geht mir nichts, dir nichts wieder heim.

Das Schlimmste

Ein Mensch erkennt: Sein ärgster Feind:
Ein Unmensch, wenn er menschlich scheint!

Auto-Mobilmachung

Kraftfahrer sind ein Teil der Kraft,
Die Gutes will und Böses schafft.
Der beste Vorsatz wird zum Pflaster
Der Straße, führend *doch* zum Laster.
Wir schwör'n, zu fahren, jetzt und später,
Nie mehr als sechzig Kilometer,

Zu schauen, ja gar auszusteigen,
Sollt unterwegs sich Schönes zeigen —
Doch, statt wie wir's uns vorgenommen,
Schau'n wir nur, daß wir weiterkommen,
Und lernen alsbald, nolens — volens,
Die heikle Kunst des Überholens;
Rasch haben wir uns angewöhnt,
Was wir doch anfangs so verpönt.
Das Auto? Einfach unentbehrlich!
Zu leben »ohne«? Kaum erklärlich!
Wie ist es fein, zu sagen: »Ja!«
Wenn's heißt: »Sind Sie im Wagen da?«
Wir sind dem Pöbel nicht mehr ähnlich,
Der arm sich frettet, straßenbähnlich.
Wer erst die Macht hat, Gas zu geben,
Hat auch natürlich mehr vom Leben:
Kunststätten kann, wer fix und fleißig,
An einem Tage an die dreißig
Mitsamt den Kilometern fressen
Und gleich an Ort und Stell' — vergessen.

Hermann Harry Schmitz

Die Bahnhofsmission

Unsere gute Tante Berta trug stets Zeugstiefel und war sehr fromm. Außerdem war sie nicht unvermögend, aus welchem Grunde sie in unserer Familie ein erhebliches Ansehen genoß. Sie hatte sich seit Jahren angewöhnt, die Sonntage bei uns, ihren Lieblingsverwandten, zu verbringen, teils weil bei uns nicht schlecht gekocht wurde, teils weil sie ihrem Dienstmädchen keine Sonntagsarbeit zumutete. Im übrigen widersprachen wir ihr nie. Mein Vater sagte stets: »Erbtanten haben immer recht, wenigstens solange sie leben, und müssen gut, sogar direkt üppig gefüttert werden.«
Es gab keine Missions-, Kirchenbau- oder dergleichen Vereine, die ihre ersprießliche Tätigkeit in der Hauptsache in Kaffeekränzchen zu entfalten pflegen, in dem sie nicht eine führende Rolle spielte.
Eines Sonntags eröffnete sie uns bei Tisch, daß ihr das Stricken von Pulswärmern und Jacken für die unglücklichen Ureinwohner von Borneo als Ausdruck einer aktiven Frömmigkeit keine vollkommene Befriedigung mehr gewähre. Mein Vater erbleichte; das Wort »Stiftung« durchzuckte sein Hirn; meine Mutter stellte das Eingemachte weg. — Sie haben mit einigen gleichdenkenden Damen einen Verein zur Rettung gefährdeter Mädchen, verbunden mit einem Asyl, gegründet. Ein besonderes Augenmerk sollte auf den Schutz allein reisender Mädchen geworfen werden, zu welchem Zwecke sich abwechselnd ein Vereinsmitglied, mit einer gelben Rosette geschmückt, am Bahnhofe aufzuhalten hatte.

Da die Geldfrage durch die Stiftung einer anderen Dame, deren Verwandte vielleicht nicht gut kochten oder widersprachen, erledigt wurde, beruhigte sich mein Vater und legte der Tante zwei saftige Bruststücke eines idealen Kapaunen auf den Teller.

Der Verein hatte nun schon seit drei Wochen seine Tätigkeit aufgenommen, und die blütenweißen Bettchen des Asyls standen immer noch unberührt.

Man war erstaunt, so wenig Unsittlichkeit in der Welt vorzufinden.

Am meisten versprach man sich von der Bahnhofsmission, und allabendlich versammelte sich der Verein im Asyl, um die Damen des Bahnhofsdienstes zu erwarten, in der sehnlichsten Hoffnung, nun endlich die bereits gezückten Fittiche der christlichen Liebe über dem ersten Schützling ausbreiten zu können.

Aber jeden Abend die gleiche Enttäuschung. Ausgefroren, staubbedeckt, mit müden Beinen und verdrossen erschien dann zur späten Stunde die Erwartete. Allein. Man hörte resigniert den Bericht über die Erlebnisse des Tages, der so ganz jeder in das Gebiet des eigentlichen Vereinszweckes fallenden, interessanten Note entbehrte.

Einige abgestandene Mädchen vorgeschrittenen Jahrgangs, die leider auch nicht mehr die geringste Aussicht hatten, moralisch gefährdet zu werden, wandten sich wohl ab und zu Auskunft heischend an die Rosettengeschmückten und wurden auch in den meisten Fällen mit großer Geschicklichkeit in die falschen Züge oder auf einen unrichtigen Bahnsteig gewiesen. Man war enttäuscht und im Innern wütend über die herrschende Sittlichkeit. Man bereute bereits die Gründung, von der man sich erheblich mehr versprochen hatte. Die Erwartung, so mancherlei Pikantes im Namen der christlichen Liebe zu erleben, hatte sich nicht erfüllt. Es herrschte allgemeine Verdrossenheit und Amtsmüdigkeit, um so mehr, da einigen Damen in Ausübung des Bahnhofsdienstes mancherlei Mißgeschick widerfahren war.

Der Stifterin des Vereins war gleich im Anfang im dichten Gedränge, in welches sie sich mit einem Fanatismus für die gute Sache gestürzt hatte, das Portemonnaie gestohlen worden. Eine andere Dame wollte einer alten Frau, die zwar sittlich nicht in Gefahr war, es jedoch durchsetzen wollte, ihren mit Messing beschlagenen Koffer quer durch die Coupétür zu schaffen, behilflich sein. Hierbei war ihr das ziemlich schwere Gepäckstück natürlich mit einer Messingecke auf den Fuß gefallen, was ihren Enthusiasmus immerhin um Erhebliches dämpfte.

Ein besonders eifriges und vor allem äußerst sittenstrenges Mitglied — die betreffende Dame, eine Witwe, war durch ihren studierenden Sohn binnen kurzer Frist dreifache Großmutter geworden, woran sie allmonatlich durch drei Postanweisungen, die sie an drei verschiedene Adressen losließ, unangenehm erinnert wurde — wäre bald eine Märtyrerin der guten Sache geworden. Sie bemerkte eines Abends ein nettes, sauber gekleidetes Mädchen, welches auf dem Bahnhof umherirrte und scheinbar seine Mutter suchte. Ein Herr ging fortgesetzt vor ihm her. Die gelbe Rosette witterte die Gefahr und stellte sich dem sauber gekleideten Mädchen als Mitglied des Vereins zum Schutze allein reisender Mädchen vor, was seitens der reizenden Person mit einem »Olle Missionsunke, kümmern Sie sich um Ihren Dreck; ich rett' mir alleene« beantwortet wurde. Sprach's und verschwand mit dem Herrn.

Meine Tante Berta war die einzige, welche trotz alledem stets mit ganzer Seele bei der Sache war. Sie hatte die Hoffnung noch nicht aufgegeben, und ihrem Einfluß war es zuzuschreiben, daß sich das an der herrschenden Moral krankende Unternehmen noch nicht aufgelöst hatte.

Ihrem Eifer hatte sie die Krone aufgesetzt, indem sie für die streikenden Mitglieder den Bahnhofsdienst fast täglich versah.

Zu jener Zeit war ich Referendar am Amtsgericht eines Landstädtchens, etwa anderthalb Stunden Eisenbahnfahrt von meiner Vaterstadt D. entfernt. Ich hatte wieder einmal das Bedürfnis, meine kleine Änne wiederzusehen.

Änne nannte sich euphemistisch Schauspielerin; sie war auch tatsächlich gegen 60 Mark Gage am Stadttheater in K. angestellt. Zwar verdankte sie ihre Karriere weniger ihrem schauspielerischen Talente als ihren wohlgeformten Beinen. Sämtliche Höschenrollen bis zu dreißig Worten lagen in ihrer Hand.

Sie war ein fesches, kluges Kerlchen, stets im Dalles und mir sehr zugetan.

Offiziell kam ich nur sonntags nach Hause, pflegte jedoch mit Rücksicht auf meine Lokalkenntnis auch meine »Kleinen-Mädchen-Betriebe« in meiner Vaterstadt vor sich gehen zu lassen.

So hatte ich also mit meiner Änne nach umständlichem Briefwechsel wieder mal in D. ein Rendezvous vereinbart. Da Änne noch im ersten Akte mitzuwirken hatte und ich in den meisten Fällen, namentlich wenn ich was vorhatte, bis in die Abendstunden durch einen allzu eifrigen Amtsrichter festgehalten wurde, so wollten wir uns erst um 10 Uhr abends auf dem Bahnhof in D. treffen. Änne kam einige Minuten vor mir von K. an und sollte mich an meinem Zuge, der Punkt 10 Uhr einlief, erwarten.

Ich hatte mich wahnsinnig auf den Abend gefreut und langer Hand ein kalifornisches Freudenfest mit einigen trefflichen Gespielen und deren Gespielinnen bereitet. Der bewußte Tag kam heran.

Natürlich dauerte die Gerichtssitzung, in der ich als Protokollführer fungierte, bis nach sieben. Es blieben mir immerhin noch anderthalb Stunden bis zur Abfahrt des Zuges, Zeit genug, um mich umzuziehen und mich noch in köstlicher Weise zu verschönern. Ich stürmte in Eilmärschen meiner Wohnung zu. —

Ich weiß nicht, was das Schicksal gegen mich hat. Ich brauche nur den Entschluß zu fassen, irgend etwas zu unternehmen, schon stellt sich eine Kette von fortgesetzten Widrigkeiten ein, die die Ausführung in den meisten Fällen unmöglich macht oder doch bedeutend erschwert.

An jenem denkwürdigen Tage begann der Reigen damit, daß mir, als ich noch etwa fünf Minuten von meiner Wohnung entfernt war, eine kleine Mücke ins Auge flog und sich in ihrer Todesangst unter dem Augendeckel verkroch. Ich tastete mich unter einem furchtbaren Tränenerguß an den Häusern vorbei meiner Wohnung zu. Leute, die mir begegneten, mußten unbedingt annehmen, meine sämtlichen Verwandten und lieben Bekannten wären alle auf einmal einer tückischen Seuche zum Opfer gefallen.

Mit Mühe und Not, nicht ohne daß ich mir vorher an der Treppe das Schienbein gestoßen hatte, gelangte ich in mein Zimmer. Nach halbstündiger Tätigkeit gelang es mir, die Mücke, wenn auch tot, zu bergen.

8.30 fuhr mein Zug. Fünf Minuten rechnete man bis zum Bahnhof.

Schreckliche Entdeckung! Die Stärkewäsche ist noch nicht da. Ich stürze zur Wirtin. Es werden Boten ausgesandt. 8.05. Ich entledige mich vorsichtig des alten Kragens und rasiere mich. Schneide einen ausgewachsenen Pickel an. Furchtbare Blutung, die erst 8.15 gestillt ist. 8.18 erscheint endlich die Waschfrau; zum Überfluß mit der Quittung über Waschgeld für die letzten Monate. Triefend freundliche, längere Klarlegung der Umstände unter Hinweis auf den Ersten. 8.20. Die Waschfrau zieht ab. Ein Kragen mag an den Stellen, die aus dem Rocke hervorragen, noch so weich sein, an den Knopflöchern ist er immer steinhart. Anlegen des Kragens unter groteskem Indianertanz. Endlich ist er zu, aber bereits zerdrückt. Er fliegt in die Ecke. Neuer Indianertanz. Das Hemdenknöpfchen zerspringt. 8.26. Wutanfall. Suche Ersatz in allen Schubladen. 8.28. Kragenfrage erledigt. Der Zug hat gewöhnlich Verspätung. Schnell in die Schuhe. Der Schuhriemen reißt. 8.30 stürze ich aus dem Hause und komme noch gerade früh genug zur Bahn, um die bunten Endlichter des Zuges in der Ferne verschwinden zu sehen. Es war der letzte Zug nach D. — Arme Änne! Adieu, schönes Fest! Änne wußte, daß für mich nur dieser Zug in Frage kam. Was blieb ihr anderes übrig, als, wütend über mein Ausbleiben, mit dem nächsten Zug nach K. zurückzukehren. So nahm ich an.

Ich setzte sie noch durch eine Karte von meinem Mißgeschick in Kenntnis und betrank mich dann gräßlich. Zwei Tage später erhielt ich von Änne folgenden Brief:

Mein lieber Stropp!

Du bist ein ekelhaftes Scheusal. Ich hatte extra die durchbrochenen Strümpfe angezogen und die netten Brüsseler Höschen von Dir. Ich hätte mich ja an dem Abend so gerne ge-

Eduard Thöny

Unnötige Sorge
»Ick kann meine Miete schon wieder nich zahlen.« — »Und?« — »Na, meenste, ick werde mir den Kopf drüber zerbrechen, wie fremde Leute zu ihrem Jeld kommen?«

rächt für Deine Tappigkeit. Wenn ich nur jemanden gehabt hätte mit wem. Aus Deiner Karte sehe ich, daß Du wieder einmal Deinen verkorksten Tag hattest, vielleicht ist es noch ganz gut, daß Du den Zug verpaßt hast; wer weiß, was sonst noch alles passiert wäre. Höre, was ich Merkwürdiges erlebt habe.

Ich hatte mir mit Ach und Krach das Fahrgeld für eine einfache Karte dritter Klasse zusammengepumpt; zehn Pfennig hatte ich noch übrig. Die Rückreise solltest Du mir schmeißen. In D. angekommen, habe ich mich sofort an unserer Ecke aufgebaut. Pünktlich lief Dein Zug ein, wie ich bald heraus hatte, ohne Dich. — Ich hatte eine blöde Wut auf Dich. Kein Fahrgeld zur Rückfahrt! Keine Bekannten in D.! Was tun! Ich rannte auf dem Perron auf und ab und hatte mir fest vorgenommen, mir sofort einen netten Kerl aufzutun. Natürlich der ganze Bahnhof wie ausgestorben. Nur ein Herr, weißt Du, so einer, dem immer die Beine unter dem Bauch wegfliegen, schlurfte über den Perron. Ich ging einige Male an ihm vorbei und ließ meine durchbrochenen Waden sehen. Er schlurfte ruhig weiter. Pfui, was gibt es doch für gemeine Menschen! Verzweifelt habe ich mich auf eine Bank gesetzt, als plötzlich eine Hand meine Schulter berührte, und vor mir stand eine ziemlich verfehlt angezogene, alte Tante mit einer mächtigen gelben Rosette auf der Brust, weißt Du, von so einem Verein, über den Du immer schimpfst und behauptest, die Damen sähen Dich immer so vorwurfsvoll an. Also die gute Frau frug mich mit milder Stimme, ob sie mir helfen könnte. Ich schluchzte einigemal in kläglicher Weise, machte mein Madonnengesicht und stammelte irgend etwas von einer Tante, die mir im Gedränge abhanden gekommen, daß mir das Portemonnaie gestohlen worden wäre; daß ich nicht wüßte, wo ich die Nacht bleiben sollte und daß mich der Herr immer verfolgte: warum, wüßte ich nicht. Die Dame war erdrückend lieb und sagte, ich solle mir nur keine Sorgen machen und meine Tränen trocknen, ich wäre in guten Händen. Sie sagte, es wäre selbstverständlich, daß ich für die Nacht ihr Gast sein müßte. Ohne daß ich noch weiter zu Wort kam, legte sie mütterlich den Arm um mich und zog mich mit sich. Wir kamen in ein gemütlich eingerichtetes Haus, wo ein ganzes Rudel alter Damen mich wie einen lieben, lang erwarteten Besuch mit ausgesuchter Liebenswürdigkeit empfing. Ich war einfach platt. Man nahm mir meinen Schirm und das Jackett ab, frug, ob ich keine nassen oder kalten Füße habe. Man brachte mir zu essen, kalten Kalbsbraten und Eier. Man saß um mich herum und bestaunte mich wie ein Wundertier. Dann wurde man auch neugierig und wollte wissen, wer ich wäre. Ich habe nur gemurmelt, es wäre so traurig, und angefangen zu schluchzen. Von Tränen erstickt, habe ich einige Male »armes Mütterlein« gesagt. Dann sagte die Dame, die mich mitgebracht hatte, man solle mich in Ruhe lassen, ich wäre noch durch die Ereignisse des Abends zu erregt, man wolle jetzt die Abendandacht abhalten und mich dann zur Ruhe bringen. Die Geschichte begann mit einem Choral. Die Damen frugen mich nach meinem Lieblingschoral. Ich wußte bei Gott nicht, was ich sagen sollte. Alle die Lieder, die ich kenne, sind eigentlich keine Kirchenlieder, und als ich das einzige einigermaßen fromme Lied, welches mir einfiel, »Gott erhalte Franz den Kaiser«, nannte, sagten sie, das wäre kein Choral oder stände wenigstens nicht in ihrem Gesangbuch. Ich sagte leise, bei mir hätte es drin gestanden. Dann haben sie endlich ein anderes frommes Lied gesungen, von dem sie behaupteten, daß ich es sicher kennen würde. Ich habe ja gesagt, und weil die anderen so furchtbar brüllten, haben sie nicht gemerkt, daß ich nur so mitgebrummt und nur den Mund auf- und zugemacht habe. Ich war heidenmäßig froh, als beschlossen wurde, mich nunmehr zu Bett zu bringen. Die ganze Gesellschaft gab mir das Geleite. Ich bekam auch eine Wärmflasche. Meine schönen Höschen und Strümpfchen wurden beguckt. Ich schämte mich und sagte, das hätte ich in einem Missionsverein gewonnen. Die Damen gaben sich zufrieden und ließen mich dann endlich in Ruh. Ich schlief wie ein Dachs. Als ich am anderen Morgen gegen 10 Uhr wach wurde, saß schon eine Dame an meinem Bette und frug, ob ich lieber im Bett frühstücken wollte. Natürlich sagte ich ja; — das hat man nicht alle Tage. Als ich dann nachher in das Zimmer kam, waren fast alle Damen vom vorherigen Abend versammelt. Alle schüttelten mir die Hand; eine gütige Matrone legte mir auch die Hände auf den Kopf und verkorkste meine Frisur. Alle erkundigten sich, ob ich auch gut geschlafen hätte. Dann war wieder Andacht. Zuerst wurde gebetet; ich kam immer in die zehn Gebote. Darauf gesungen, wie am Abend. Ich habe wieder gepfuscht; niemand hat es gemerkt. Man wollte mich erst nicht weglassen. Ich habe gesagt, ich müsse unbedingt schleunigst nach K. zurück, mein Mütterlein wäre sicher in großer Sorge. Ich bekam noch Butterbrote eingepackt, und man schenkte mir noch einen Stoß Missionsblätter, Traktätchen und fromme Blättlein, die ich Dir zur Strafe schenken werde. Das war ein ergreifender Abschied. Drei Damen brachten mich zur Bahn, die anderen haben an der Haustür gestanden und mir nachgeschaut. Es war einfach rührend. Nun erst der Abschied am Bahnhof. Die Damen lösten mir ein Billett, gaben mir noch für alle Fälle fünf Mark mit und steckten mich unter Segenswünschen und Bibelsprüchen in ein Frauencoupé zweiter Klasse, was mir weniger gefiel, da in dem Nebencoupé, wo nur ein junger Herr saß, bedeutend mehr Platz war. Die guten Damen haben noch lange dem Zuge nachgewinkt. Unterstehe Dich noch einmal und schimpfe über so einen Verein. So gute Leute und so fromm. Ich will jetzt auch fromm werden. Schreibe, ob ich Dich nächste Woche bestimmt treffen kann. Setze Dich dann aber zur Vorsicht schon mittags auf den Bahnhof. Dies ist der längste Brief, den der brave Steuermann je geschrieben hat.

Es küßt Dich Dein Pusselchen.

Acht Tage später erzählte Tante Berta stolz am Familientisch von der ersten Rettung eines sittlich gefährdeten Mädchens. Ich mußte furchtbar husten.

Walter Mehring

Die kleinen Hotels

I

Vom Bahnhof angeschwemmt — im Strom der Massen
Fiebernd von Schwindsucht Deines letzten Gelds
Treibst Du durch Reusen immer engrer Gassen
        Die abzweigen
        Zu den Absteigen
                Zu den
                kleinen Hotels.
Wenn Dich ein Blick taxiert, tue unverfänglich!
Tritt ein! Bring Glück herein! Und: Gott vergelt's!
Es keuchen hinterdrein treppauf die Jahre kränklich
Du bist verdonnert nun auf lebenslänglich
Zu kleinen Hotels
        Zu kleinen Hotels
                Zu kleinen Hotels.

II

Dort fällst Du mit der Tür in sieche Räume
Zu Häupten droht im Sturz der Mauerfels —
Pitschnaß das Bett vom Angstschweiß fremder Träume
        Die aufquellen
        Aus den Abfällen
                Der kleinen Hotels.

Du mußt des Nebenzimmers Pein erdulden,
Daß sie sich schlaflos auf Dein Kissen wälz —
Daß Dich des Nachbarn Wollust würgt — und alle Schulden
Die prasseln nachts aufs Dach aus vollen Mulden
Auf die kleinen Hotels
        Auf die kleinen Hotels
                Auf die kleinen Hotels.

III

Willst Du Dich frierend an der Liebsten wärmen
Schmiegst Du Dich eng in ihres Atems Pelz —
Die Neugiergnomen werden Dich umschwärmen
        Die nachts spuken
        In den Dachluken
                Der kleinen Hotels.
Versuch zu fliehen aus dem Wust von Gängen —
Schon schrillt die Glocke wütenden Gebells . . .
Tapetenranken fangen Dich in ihren Fängen
Bis sich allmählich ganz zum Sarg verengen
Die kleinen Hotels
        Die kleinen Hotels
                Die kleinen Hotels . . .

H. E. Köhler

Auch damals . . .
Ein gewisser Goethe schrieb am 22. Juni 1781 an Lavater:
». . . Glaube mir, unsere moralische und politische Welt
ist mit unterirdischen Gängen, Kellern und Kloaken
minieret.«

An den Kanälen

Schnurgerade zwischen Mietskasernen
Ziehen die schwarzen Gitterpfähle
Und die Laternen
Der Kanäle!
Es zieht ein Brisenhauch vom Meer
Und Möwen, deren Silberkehlen
Umhalst ein dunkler Ring von Teer —
Längs den Kanälen!

Es ziehn mit ihrem Haus aus Birke
Flissaken, die mit mächt'gen Stößen
Die Waldbezirke
Abwärts flößen!
Und Dampfer, die sich festgerannt,
Im Winter, wenn die Nebel schwelen,
Bugsieren, vom Krähenvolk bemannt,
Auf den Kanälen!

Es ziehen Wagen, Omnibusse
Spiegeln sich taumelnd von den Brücken
Im schwarzen Flusse
Ihre Rücken.
Dampfkräne, die sich Holz und Kohln
Mit Elefantenrüsseln wählen,
Verbeugen sich beim Nahrungsholn
Längs den Kanälen! !

Nachts lauert im Versteck von Fässern
Gesindel längs der Uferkanten

Mit blanken Messern
Auf Passanten! —
Ein Fischer, der stromabwärts stakt,
Zieht in der Früh mit blut'gen Krählen
Ein Menschenbündel festgehakt
Aus den Kanälen!

Es zieht den Abschaum aller Städte,
Es zieht die lebensmüden Seelen
Zum ew'gen Bett in
Den Kanälen!
Es treibt ein Brisenhauch vom Meer
Die Möwen mit zerbißnen Kehlen —
Und hungernd zieht das Rattenheer
Längs den Kanälen!

Herrn K.s Lieblingstier

Als Herr K. gefragt wurde, welches Tier er vor allen schätze, nannte er den Elefanten und begründete dies so: Der Elefant vereint List mit Stärke. Das ist nicht die kümmerliche List, die ausreicht, einer Nachstellung zu entgehen oder ein Essen zu ergattern, indem man nicht auffällt, sondern die List, welcher die Stärke für große Unternehmungen zur Verfügung steht. Wo dieses Tier war, führt eine breite Spur. Dennoch ist es gutmütig, es versteht Spaß. Es ist ein guter Freund, wie es ein guter Feind ist. Sehr groß und schwer, ist es doch auch sehr schnell. Sein Rüssel führt einem enormen Körper auch die kleinsten Speisen zu, auch Nüsse. Seine Ohren sind verstellbar: er hört nur, was ihm paßt. Er wird auch sehr alt. Er ist auch gesellig, und dies nicht nur zu Elefanten. Überall ist er sowohl beliebt als auch gefürchtet. Eine gewisse Komik macht es möglich, daß er sogar verehrt werden kann. Er hat eine dicke Haut, darin zerbrechen die Messer; aber sein Gemüt ist zart. Er kann traurig werden. Er kann zornig werden. Er tanzt gern. Er stirbt im Dickicht. Er liebt Kinder und andere kleine Tiere. Er ist grau und fällt nur durch seine Masse auf. Er ist nicht eßbar. Er kann gut arbeiten. Er trinkt gern und wird fröhlich. Er tut etwas für die Kunst: er liefert Elfenbein.

Das dicke Ende . . .

E. O. Plauen

CARL ZUCKMAYER

Ins Kinder-Tagebuch

Schreib in dies Buch, so viel du magst —
Was du dir denkst und keinem sagst!
Wenn's Ärger gibt in Schul und Haus:
Dann schreib's ins Buch und schimpf dich aus!
Schreib, was dich stiert und was dich drückt —
Und manchmal auch, was dich beglückt.
Doch wenn du kannst, dann schwindle nicht!
Schreib so, wie's heimlich in dir spricht!
Denk: Wahrheit ist kein Affe!
Sie ist des Herzens Waffe!

Das Essen

Ein Mensch beim Essen ist ein gut Gesicht,
Wenn er nichts denkt und nur die Kiefer mahlen,
Die Zähne malmen, und die Blicke strahlen
Von einem sonderbaren Urweltlicht.

Vorspeisen sind wie Segel über Buchten,
Schlank und zum Hafen schnellend in erregter Fahrt,
Indes die schweren Fleischgerichte wuchten
Gewaltig über Wiesen von Gemüsen zart.

Welch ein entzückendes Spiel: zu hohen Festen
Erlesner Bissen Liebreiz zu erflehn,
Und welche Lust: sich mächtig vollzumästen,
Satt und mit Saft gefüllt vom Hals bis zu den Zeh'n.

Albert Schaefer-Ast *Ober, rechnen Sie zusammen*

Fischfleisch ist weiß und heilig oder rosen,
Und manchmal rauchgebeizt und lauchgewürzt.
Auch kleine Fische gibt's in blanken Dosen,
Die man wie Schnäpse jach hinunterstürzt.

Wildbret: Du Perle Cumberlands, von edler Fäule,
und nackter Horden rohgebratner Fraß!
Wohl dem, der Schneehuhn oder Rentierkäule
(Gespickt, mit Sahne) hoch im Norden aß.

Beefsteak tatare ist fast so stark an Gnade
Wie ein am Grill gebratnes Lendenstück,
Und viele Götter leben im Salate,
Saftrot und samenkerngeschwellt das Weib Tomate,
Und grünes Kraut im Frühling ist ein kühles Glück.

Wenn du Kartoffeln oder Spargel ißt,
Schmeckst du den Sand der Felder und den Wurzelsegen,
Des Himmels Hitze und den großen Regen,
Die kühlen Wässer und den warmen Mist.

Laßt mich hier schweigen vom Besoffensein,
Vom tiefsten, tödlichen Hinübergleiten,
Vom hellsten, wachsten Indiewindereiten,
Die Welt ist groß, und unser Wort ist klein.

Laßt mich hier schweigen von dem Blutgericht
Geheimster Liebe in verrauschten Zeiten —
Laßt mich nur essen, dankbar und bescheiden —
Ein Mensch beim Essen ist ein gut Gesicht.

Die Zeit fährt Auto

Die Städte wachsen. Und die Kurse steigen.
Wenn jemand Geld hat, hat er auch Kredit.
Die Konten reden. Die Bilanzen schweigen.
Die Menschen sperren aus. Die Menschen streiken.
Der Globus dreht sich. Und wir drehn uns mit.

Die Zeit fährt Auto. Doch kein Mensch kann lenken.
Das Leben fliegt wie ein Gehöft vorbei.
Minister sprechen oft vom Steuersenken.
Wer weiß, ob sie im Ernste daran denken?
Der Globus dreht sich und geht nicht entzwei.

Die Käufer kaufen. Und die Händler werben.
Das Geld kursiert, als sei das seine Pflicht.
Fabriken wachsen. Und Fabriken sterben.
Was gestern war, geht heute schon in Scherben.
Der Globus dreht sich. Doch man sieht es nicht.

Das Märchen vom Glück

Siebzig war er gut und gern, der alte Mann, der mir in der verräucherten Kneipe gegenübersaß. Sein Schopf sah aus, als habe es darauf geschneit, und die Augen blitzten wie eine blankgefegte Eisbahn. »Oh, sind die Menschen dumm«, sagte er und schüttelte den Kopf, daß ich dachte, gleich müßten Schneeflocken aus seinem Haar aufwirbeln. »Das Glück ist ja

Der Fortschritt

Olaf Gulbransson

Als Herr Meier zum erstenmal an den einsamen Strand von Gustavsoog kam . . .

. . . und als sich die Einsamkeit herumgesprochen hatte!

schließlich keine Dauerwurst, von der man sich täglich eine Scheibe herunterschneiden kann!« — »Stimmt«, meinte ich, »das Glück hat ganz und gar nichts Geräuchertes an sich. Obwohl ...« — »Obwohl?« — »Obwohl gerade Sie aussehen, als hinge bei Ihnen zu Hause der Schinken des Glücks im Rauchfang.« — »Ich bin eine Ausnahme«, sagte er und trank einen Schluck. »Ich bin die Ausnahme. Ich bin nämlich der Mann, der einen Wunsch frei hat.«

Er blickte mir prüfend ins Gesicht, und dann erzählte er seine Geschichte. »Das ist lange her«, begann er und stützte den Kopf in beide Hände, »sehr lange. Vierzig Jahre. Ich war noch jung und litt am Leben wie an einer geschwollenen Backe. Da setzte sich, als ich eines Mittags verbittert auf einer grünen Parkbank hockte, ein alter Mann neben mich und sagte beiläufig: ›Also gut. Wir haben es uns überlegt. Du hast drei Wünsche frei.‹ Ich starrte in meine Zeitung und tat, als hätte ich nichts gehört. ›Wünsch dir, was du willst‹, fuhr er fort, ›die schönste Frau oder das meiste Geld oder den größten Schnurrbart — das ist deine Sache. Aber werde endlich glücklich! Deine Unzufriedenheit geht uns auf die Nerven.‹ Er sah aus wie der Weihnachtsmann in Zivil. Weißer Vollbart, rote Apfelbäckchen, Augenbrauen wie aus Christbaumwatte. Gar nichts Verrücktes. Vielleicht ein bißchen zu gutmütig. Nachdem ich ihn eingehend betrachtet hatte, starrte ich wieder in meine Zeitung. ›Obwohl es uns nichts angeht, was du mit deinen drei Wünschen machst‹, sagte er, ›wäre es natürlich kein Fehler, wenn du dir die Angelegenheit vorher genau überlegtest. Denn drei Wünsche sind nicht vier Wünsche oder fünf, sondern drei. Und wenn du hinterher noch immer neidisch und unglücklich wärst, könnten wir dir und uns nicht mehr helfen.‹ Ich weiß nicht, ob Sie sich in meine Lage versetzen können. Ich saß auf einer Bank und haderte mit Gott und der Welt. In der Ferne klingelten die Straßenbahnen. Die Wachtparade zog irgendwo mit Pauken und Trompeten zum Schloß. Und neben mir saß nun dieser alte Quatschkopf!«

»Sie wurden wütend?«

»Ich wurde wütend. Mir war zumute wie einem Kessel kurz vorm Zerplatzen. Und als er sein weißwattiertes Großvatermündchen von neuem aufmachen wollte, stieß ich zornzitternd hervor: ›Damit Sie alter Esel mich nicht länger duzen, nehme ich mir die Freiheit, meinen ersten und innigsten Wunsch auszusprechen — scheren Sie sich zum Teufel!‹ Das war nicht fein und höflich, aber ich konnte einfach nicht anders. Es hätte mich sonst zerrissen.«

»Und?«

»Was ›Und‹?«

»War er weg?«

»Ach so! — Natürlich war er weg! Wie fortgeweht. In der gleichen Sekunde. In nichts aufgelöst. Ich guckte sogar unter die Bank. Aber dort war er auch nicht. Mir wurde ganz übel vor lauter Schreck. Die Sache mit den Wünschen schien zu stimmen! Und der erste Wunsch hatte sich bereits erfüllt! Du meine Güte! Und wenn er sich erfüllt hatte, dann war der gute, liebe, brave Großpapa, wer er nun auch sein mochte, nicht nur weg, nicht nur von meiner Bank verschwunden, nein, dann war er beim Teufel! Dann war er in der Hölle! ›Sei nicht albern‹, sagte ich zu mir selber. ›Die Hölle gibt es ja gar nicht, und den Teufel auch nicht.‹ Aber die drei Wünsche, gab's denn die? Und trotzdem war der alte Mann, kaum hatte ich's gewünscht, verschwunden ... Mir wurde heiß und kalt. Mir schlotterten die Knie. Was sollte ich machen? Der alte Mann mußte wieder her, ob's nun eine Hölle gab oder nicht.

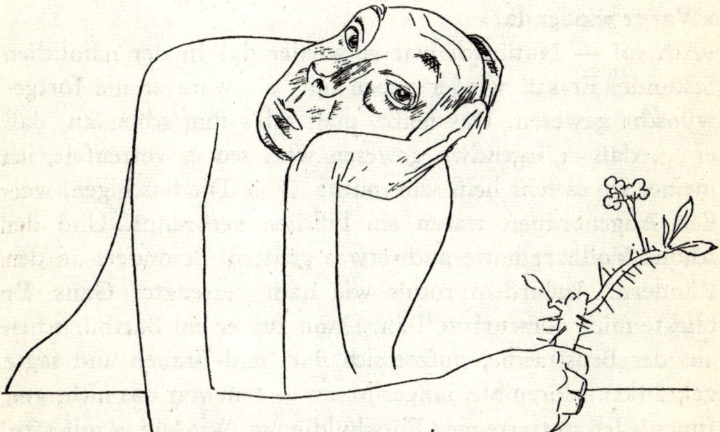

„KINDER SIND GLÜCKLICH
UND TIERE
UND WEIBER
ABER WIR MENSCHEN NICHT."

Das war ich ihm schuldig. Ich mußte meinen zweiten Wunsch dransetzen, den zweiten von dreien, o ich Ochse! Oder sollte ich ihn lassen, wo er war? Mit seinen hübschen, roten Apfelbäckchen? ›Bratapfelbäckchen‹, dachte ich schaudernd. Mir blieb keine Wahl. Ich schloß die Augen und flüsterte ängstlich: ›Ich wünsche mir, daß der alte Mann wieder neben mir sitzt!‹ Wissen Sie, ich habe mir jahrelang, bis in den Traum hinein, die bittersten Vorwürfe gemacht, daß ich den zweiten Wunsch auf diese Weise verschleudert habe, doch ich sah damals keinen Ausweg. Es gab ja auch keinen ...«

»Und?«

»Was ›Und‹?«

»War er wieder da?«

»Ach so! — Natürlich war er wieder da! In der nämlichen Sekunde. Er saß wieder neben mir, als wäre er nie fortgewünscht gewesen. Das heißt, man sah's ihm schon an, daß er ... daß er irgendwo gewesen war, wo es verteufelt, ich meine, wo es sehr heiß sein mußte. O ja. Die buschigen, weißen Augenbrauen waren ein bißchen verbrannt. Und der schöne Vollbart hatte auch etwas gelitten. Besonders an den Rändern. Außerdem roch's wie nach versengter Gans. Er blickte mich vorwurfsvoll an. Dann zog er ein Bartbürstchen aus der Brusttasche, putzte sich Bart und Brauen und sagte gekränkt: ›Hören Sie, junger Mann — fein war das nicht von Ihnen!‹ Ich stotterte eine Entschuldigung. Wie leid es mir täte. Ich hätte doch nicht an die drei Wünsche geglaubt. Und außerdem hätte ich immerhin versucht, den Schaden wiedergutzumachen. ›Das ist richtig‹, meinte er. ›Es wurde aber auch die höchste Zeit.‹ Dann lächelte er. Er lächelte so freundlich, daß mir fast die Tränen kamen. ›Nun haben Sie nur noch einen Wunsch frei‹, sagte er, ›den dritten. Mit ihm gehen Sie hoffentlich ein bißchen vorsichtiger um. Versprechen Sie mir das?‹ Ich nickte und schluckte. ›Ja‹, antwortete ich dann, ›aber nur, wenn Sie mich wieder duzen.‹ Da mußte er lachen. ›Gut, mein Junge‹, sagte er und gab mir die Hand. ›Leb wohl. Sei nicht allzu unglücklich. Und gib auf deinen letzten Wunsch acht.‹ ›Ich versprech es Ihnen‹, erwiderte ich feierlich. Doch er war schon weg. Wie fortgeblasen.«

»Und?«

»Was ›Und‹?«

»Seitdem sind Sie glücklich?«

»Ach so. — Glücklich?« Mein Nachbar stand auf, nahm Hut und Mantel vom Garderobenhaken, sah mich mit seinen blitzblanken Augen an und sagte: »Den letzten Wunsch hab' ich vierzig Jahre lang nicht angerührt. Manchmal war ich nahe daran. Aber nein. Wünsche sind nur gut, solange man sie noch vor sich hat. Leben Sie wohl.« Ich sah vom Fenster aus, wie er über die Straße ging. Die Schneeflocken umtanzten ihn. Und er hatte ganz vergessen, mir zu sagen, ob wenigstens er glücklich sei. Oder hatte er mir absichtlich nicht geantwortet? Das ist natürlich auch möglich.

Das Märchen von der Vernunft

Es war einmal ein netter alter Herr, der hatte die Unart, sich ab und zu vernünftige Dinge auszudenken. Das heißt, zur Unart wurde seine Gewohnheit eigentlich erst dadurch, daß er das, was er sich jeweils ausgedacht hatte, nicht für sich behielt, sondern den Fachleuten vorzutragen pflegte. Da er reich und trotz seiner plausiblen Einfälle angesehen war, mußten sie ihm, wenn auch mit knirschenden Ohren, aufs geduldigste zuhören. Und es gibt gewiß für Fachleute keine ärgere Qual als die, lächelnden Gesichts einem vernünftigen Vorschlage zu lauschen. Denn die Vernunft, das weiß jeder, vereinfacht das Schwierige in einer Weise, die den Männern vom Fach nicht geheuer und somit ungeheuerlich erscheinen mußte. Sie empfinden dergleichen zu Recht als einen unerlaubten Eingriff in ihre mühsam erworbenen und verteidigten Befugnisse. Was, fragt man sich mit ihnen, sollten die Ärmsten wirklich tun, wenn nicht sic herrschten, sondern statt ihrer die Vernunft regierte! Nun also!

Eines Tages wurde der nette alte Herr während einer Sitzung gemeldet, an der die wichtigsten Staatsmänner der Erde teilnahmen, um, wie verlautete, die irdischen Zwiste und Nöte aus der Welt zu schaffen. »Allmächtiger!« dachten sie. »Wer weiß, was er heute mit uns und seiner dummen Vernunft wieder vorhat!« Und dann ließen sie ihn hereinbitten. Er kam, verbeugte sich ein wenig altmodisch und nahm Platz. Er lächelte. Sie lächelten. Schließlich ergriff er das Wort.

»Meine Herren Staatshäupter und Staatsoberhäupter«, sagte er, »ich habe, wie ich glaube, einen brauchbaren Gedanken gehabt; man hat ihn auf seine praktische Verwendbarkeit geprüft; ich möchte ihn in Ihrem Kreise vortragen. Hören Sie mir, bitte, zu. Sie sind es nicht mir, doch der Vernunft sind Sie's schuldig.« Sie nickten, gequält lächelnd, mit ihren Staatshäuptern, und er fuhr fort: »Sie haben sich vorgenommen, Ihren Völkern Ruhe und Frieden zu sichern, und das kann zunächst und vernünftigerweise, so verschieden Ihre ökonomischen Ansichten auch sein mögen, nur bedeuten, daß Ihnen an der Zufriedenheit aller Erdbewohner gelegen ist. Oder irre ich mich in diesem Punkte?«

»Bewahre!« riefen sie. »Keineswegs! Wo denken Sie hin, netter alter Herr!« »Wie schön!« meinte er. »Dann ist Ihr Problem gelöst. Ich beglückwünsche Sie und Ihre Völker. Fahren Sie heim, und bewilligen Sie aus den Finanzen Ihrer Staaten, im Rahmen der jeweiligen Verfassung und geschlüsselt nach Vermögen, miteinander einen Betrag, den ich genauestens habe errechnen lassen und zum Schluß nennen werde! Mit dieser Summe wird folgendes geschehen: Jede Familie in jedem Ihrer Länder erhält eine kleine, hübsche Villa mit sechs Zimmern, einem Garten und einer Garage sowie ein Auto zum Geschenk. Und da hintendrein der gedachte Betrag noch immer nicht aufgebraucht sein wird, können Sie, auch das ist kalkuliert, in jedem Ort der Erde, der mehr als fünftausend

Paul Flora

Einwohner zählt, eine neue Schule und ein modernes Krankenhaus bauen lassen. Ich beneide Sie. Denn obwohl ich nicht glaube, daß die materiellen Dinge die höchsten irdischen Güter verkörpern, bin ich vernünftig genug, um einzusehen, daß der Frieden zwischen den Völkern zuerst von der äußeren Zufriedenheit der Menschen abhängt. Wenn ich eben sagte, daß ich Sie beneide, habe ich gelogen. Ich bin glücklich.« Der nette alte Herr griff in seine Brusttasche und zündete sich eine kleine Zigarre an.

Die übrigen Anwesenden lächelten verzerrt. Endlich gab sich das oberste der Staatsoberhäupter einen Ruck und fragte mit heiserer Stimme: »Wie hoch ist der für Ihre Zwecke vorgesehene Betrag?« »Für *meine* Zwecke?« fragte der nette alte Herr zurück, und man konnte aus seinem Ton ein leichtes Befremden heraushören.

»Nun reden Sie schon!« rief das zweithöchste Staatsoberhaupt unwillig. »Wieviel Geld würde für den kleinen Scherz gebraucht?«

»Eine Billion Dollar«, antwortete der nette alte Herr ruhig. »Eine Milliarde hat tausend Millionen, und eine Billion hat tausend Milliarden. Es handelt sich um eine Eins mit zwölf Nullen.« Dann rauchte er wieder an seiner kleinen Zigarre herum.

»Sie sind wohl vollkommen blödsinnig!« schrie jemand. Auch ein Staatsoberhaupt. Der nette alte Herr setzte sich gerade und blickte den Schreier verwundert an. »Wie kommen Sie denn darauf?« fragte er. »Es handelt sich natürlich um viel Geld. Aber der letzte Krieg hat, wie die Statistik ausweist, ganz genau soviel gekostet!« Da brachen die Staatshäupter und Staatsoberhäupter in tobendes Gelächter aus. Man brüllte geradezu. Man schlug sich und einander auf die Schenkel,

krähte wie am Spieß und wischte sich die Lachtränen aus den Augen.
Der nette alte Herr schaute ratlos von einem zum andern. »Ich begreife Ihre Heiterkeit nicht ganz«, sagte er. »Wollen Sie mir gütigst erklären, was Ihnen solchen Spaß macht? Wenn ein langer Krieg eine Billion Dollar gekostet hat, warum sollte dann ein langer Frieden nicht dasselbe wert sein? Was, um alles in der Welt, ist denn daran komisch?«
Nun lachten sie alle noch lauter. Es war ein rechtes Höllengelächter. Einer konnte es im Sitzen nicht mehr aushalten. Er sprang auf, hielt sich die schmerzenden Seiten und rief mit der letzten ihm zu Gebote stehenden Kraft: »Sie alter Schafskopf! Ein Krieg — ein Krieg ist doch etwas ganz anderes!«

Die Staatshäupter, der nette alte Herr und ihre lustige Unterhaltung sind völlig frei erfunden. Daß der Krieg eine Billion Dollar gekostet hat und was man sonst für denselben Betrag leisten könnte, soll, versichert eine in der »Frankfurter Neuen Presse« zitierte amerikanische Statistik, hingegen zutreffen.

Das Verhängnis

Das ist das Verhängnis:
Zwischen Empfängnis
und Leichenbegängnis
nichts als Bedrängnis.

HERMANN KESTEN

Dr. Schatte

Ich lag damals, im August 1923, in Lissabon am Pier. Wir schliefen nachts auf unserem Schiff und bummelten den Tag lang in Lissabon, manchmal schliefen wir den Tag lang auf dem Schiff und bummelten die Nacht hindurch. Wie blau waren diese portugiesischen Nächte, mit großen Sternen und kleinen Mädchen! Und die heißen, vergnügten Tage! Ich ging mit meinem Freunde, dem frisch fabrizierten Doktor der Philosophie, dem Psychotechniker Hans Hahn, durch die Stadt Lissabon, wir atmeten das fliegende, lachende Licht von Portugal. Wir waren durch die hügeligen Gassen von Oporto gegangen, wo die Ochsen mit den größten Hörnern herumlaufen, ein starkes und gemütliches Rindvieh; wir hatten vom Schloß von Cintra aufs Meer und auf Belem hinuntergeblickt und vom Strand zu den Hügeln von Cintra hinaufgesehen, wo die Mohrenfürsten residierten. Wir gingen in die kühlen Kaffeehäuser von Lissabon, wo es den besten Kaffee gab; im jardin botanico gab es nur Goldfische, im Aquarium überhaupt keine Palmen. Wir kamen in die bunten Markthallen, aßen dort die gelben Melonen, die rötlichen Feigen, die blauen Trauben, ferner Datteln und Paranüsse, wir waren fest entschlossen, den Süden mit allen Sinnen zu genießen, und besonders mit dem Magen. Wir gingen in das größte Warenhaus und aßen die Austern dutzendweise im Ausverkauf, mitten im Monat August. Wir schlemmten so billig wie die Götter.

Als wir am andern Tag schon an Bord waren und das Schiff Melilla zur neuen Fahrt bereitlag, kam der Kapitän Janssen in unsere Kabine und befahl mir, das Schiff zu verlassen, er habe keinen Arzt an Bord. So wankte ich also an der Hand meines Freundes Hans Hahn die Schiffstreppe hinunter, stieg in die Barkasse der Reederei, fünf Minuten vor Abfahrt des Dampfers, es herrschte die übliche portugiesische Hitze, vierzig Grad Celsius im Schatten. Ich war warm genug angezogen. Ich hatte meinen Mantel um mich geschlungen, darüber den Mantel meines Freundes, und sonst nur jene Schlafdecke, die wir uns anläßlich einer Nordlandreise angeschafft hatten, sie war dick mit Pelz gefüttert, aber aus der Nordlandreise wurde nichts. Das war alles, was ich anhatte. Zwar hatte ich erhöhte Temperatur, zirka 40 Grad, aber dennoch fror ich zum Fürchten. Ich litt unsäglich, hatte peinvolle Magenschmerzen, mein Kopf war schwer und benommen. Am Quai angelangt, setzte mein Freund die Koffer und mich an einer Steinbrüstung nieder und ging der Stadt Lissabon zu, wie vor ihm Stanley, der das Innere Afrikas suchte. Hahn suchte ein Auto.

Während ich gerade überlegte, ob ich gleich sterben solle oder es besser aufschöbe, bis ich im Bett läge, bot mir ein frivoler Portugiese in vielen Sprachen Fotografien weiblicher Nuditäten an, zu billigen Preisen, wie er sagte, zu Inventurpreisen. Ich war krank, ich winkte, er solle gehen, da ließ er sie um die Hälfte, um ein Drittel, ein Viertel, ja er bot sie mir umsonst an, ich möge ihm nur ein Trinkgeld geben, ich schrie, er schrie, ich wollte schon fluchen oder weinen, ich war krank und schwach, da fuhr Hahn im Auto heran, der Chauffeur und Hahn, beide baumstarke Gesellen, hoben mich in das offene Auto, und wir fuhren in die Stadt, durch viele Straßen, Hügel hinauf und hinunter. Endlich waren wir angelangt.

Ich wankte hinaus, und Hahn drückte auf die Klingel des

Herrn Dr. Schatte, des einzigen deutschen Arztes in Lissabon. Mein Freund schien es plötzlich sehr eilig zu haben, er sah mich an und arbeitete an der Klingel wie ein Besessener, und richtig, nach kaum zehn Minuten öffnete uns auch schon das landesübliche Zimmermädchen, wich einen Schritt zurück (sollte ich doch zu warm angezogen sein für den August in Lissabon?), führte uns aber ins Wartezimmer, worauf sie und eine halbe Stunde hingingen. Dann kam sie in voller Eile wieder und wies uns die Türe am andern Ende des Korridors. Wir gingen hinein, mit behendem Schritt mein Freund Hahn voran, ich folgte ächzend unter Fieber, Kleidern, Mänteln, Decke und der Mühe, schon seit mehreren Stunden so gut wie zu sterben, hinten nach.

Gleichzeitig mit uns, durch eine andere Türe, trat ein eleganter, dicker Mann ein, Schatte, der deutsche Doktor. Ich war auf einen Stuhl gesunken, der an der Wand bereitstand, und erwartete den üblichen Angriff des Arztes. Ich polierte schon meine Zunge an den Zähnen, damit sie recht reinlich erscheine, wenn ich sie gleich vorweisen mußte, und handelte Coué vollkommen zuwider; denn ich dachte: Ich muß sterben! Auch sagte ich mir die Symptome meiner Leiden nochmals rasch auf. Ich hatte mich übereilt. Mein Freund, der offenbar fest entschlossen war, die Verhandlungen zu führen, hatte sich soeben vorgestellt: Dr. Hahn; als auch der Dr. Schatte, der vielleicht noch gezweifelt, in welchem der Herren er seinen Patienten zu suchen habe, entschiedenen Schrittes sich meinem Freunde zuwandte, so direkt auf ihn losging, mit so kennerischem Behagen, daß ich schon zu stöhnen anheben wollte, um auf diese zarte Weise dem Arzte seinen Irrtum anzudeuten. Doch ich war es, der sich geirrt hatte! Freude im Ton, Rührung im Blick, Bewegung im Körper, mit halb hingebreitetem

Arm stand er, zu meinem Freunde gewandt, und überließ mir und meiner Krankheit nichts als den Trost, den der Rücken eines Arztes bieten kann.

»Ein deutscher Doktor«, schrie Schatte, »willkommen, Kollege!«

»Nein, nein«, sagte Hahn, »ich bin kein Mediziner, nur Doktor der Philosophie.«

»Sie sind es noch nicht lange?« fragte Schatte, der Arzt. »Wo wurden Sie es?«

»In Heidelberg«, erwiderte Hahn, »bei Jaspers, ich bin sein Schüler.«

»Das ist ja vorzüglich!« rief Schatte. »Kennen Sie die Anekdote, die man über ihn berichtet? Sie wollen sie hören? Gut! Also Jaspers empfängt im Examen einen Studenten. ›Sagen Sie mir nichts!‹ beginnt er sein Examen ...«

»Herr Doktor«, sage ich, »bitte, Herr Doktor, ich habe vierzig Grad Fieber, im Kopf ein Mühlrad, im Bauch die Wehen, möchten Sie nicht mich examinieren ...« Dr. Schatte wendet sich um. Dr. Schatte lächelt freundlich. Er fragt mich: »Und was sind Sie für ein Doktor, junger Herr?«

»Im Gegenteil«, stammle ich und blicke wild, »ich brauche einen Doktor.«

»Haha«, so schallte es nun, »hoho«, brauste es durch das tiefe Zimmer. Es erhebt sich ein gewaltiger Lärm. Dr. Schatte lacht. »Sie studieren also noch, mein Lieber«, ruft er, »und was denn aber?«

Ich denke des trefflichen deutschen Dichters, der reimte: »Steh still, o Wanderer! Hier ruht ein Arzt, der Gutes stiftete und sich vergiftete statt anderer.« Ich nehme meinen fiebergeschwächten Verstand zusammen, stoße die Pelzdecke von mir, recke mich stolz und stöhnend und murmele: »Ich bin Ger-

manist.«
»Bravo!« rief Schatte, »nur welch häßliche Vokabel! Ich erkenne an diesem Wort den Wandel der Jahrhunderte! Vor hundert Jahren, Herr Germanist, hätten Sie sich einen Germanen geheißen! Vor hundert Jahren hieß man sich Mensch und errötete nicht über dieses Wort Mensch und schämte sich seiner noch nicht. Heute ward der Mensch zum Spezialisten, der Germane zum Germanisten. Wie einförmig ist dieses Jahrhundert, mechanisiert, vertiert ... Ich liebe die Menschen nicht mehr. Leben Sie noch hundert Jahre ...«
»Herr Doktor«, rief ich, »deshalb kam ich ja zu Ihnen, um noch länger leben zu dürfen. Nur heilen Sie mich zuvor! Ich bin krank!«
»Ja«, rief Dr. Schatte, »dieses Jahrhundert ist krank. Und die Medizin wüßte ich wohl. Der Strenge bedarf diese Menschheit, nicht der Sanftmut.«
Das war das Wort. Sanftmut bedurfte es, diesen Arzt anzuhören, der statt an seinem leidenden Patienten an der Menschheit pfuschen wollte. Sanftmut! Ich bin ein friedfertiger Mensch. Von Temperament bin ich phlegmatisch. Aber die gequälte Kreatur in mir sprach die uralten Bannworte der Teufelsbeschwörer, das »Exorcisco te«. Dr. Schatte hörte mir gar nicht zu. Er war ins andere Zimmer gegangen, das mit Büchern tapeziert, von Büchern bewohnt war, an Büchern erstickte, und schon kehrte er triumphierenden Blickes zurück und legte vor mich Naumanns Althochdeutsche Grammatik.
»Erklären Sie mir«, sagte er, »diese Stelle! Sie sind, wie ich höre, Mittelfranke, Ihr Freund ist Oberpfälzer, Naumann behauptet, im Oberschwäbischen sei die Beugung des Stammes ...«
»Doktor«, rief ich, »geben Sie acht, ich sterbe!«

»Also Sie sind der Patient«, fragte Schatte. »Was fehlt Ihnen?«
Das war mein Stichwort. Ich begann mit der Aufzählung der Symptome. Es war schon wieder zu spät! Schatte hörte nicht mehr zu. Er trug gerade arabische Liebesgedichte vor, schaffte persische Miniaturen herbei, zitierte Apulejus, paraphrasierte Homer, las ein Gedicht Puschkins in der Ursprache vor, oder war es ein Gedicht Li Taipes in der Ursprache? Es können auch Negergesänge gewesen sein. In meinen Ohren brauste es, als trüge ein Sachse das Nibelungenlied in Tiroler Mundart vor. Ich war aufs äußerste erbittert. Da erinnerte ich mich zur guten Stunde, daß ich fähig sei, das brüllende Meer zu übertönen. Ich habe, was man eine kräftige Stimme heißt. Ich wölbte die Hand vor meinem Mund und zitierte Heine: »Doktor, sind Sie des Teufels?« Da kam er, trug schon Heine in Elzevier herbei, ein Heinekuriosum, ein Juwel, ein Bonbon aller Heine-Ausgaben.
»Doktor«, schrie ich. »Ich sterbe.«
»Er stirbt«, wiederholte Freund Hahn. Endlich erbarmte er sich meiner. Hahn und ich wiederholten im Dengeltakt: Ich sterbe. Er stirbt. Das machte Dr. Schatte stutzig. Es schien wenigstens so. Zu meinem Freund gewendet (es war direkt peinlich, er mußte sich mitten in einer Anekdote unterbrechen), sprach er also: »Wahrscheinlich. Er hat Bauchtyphus. Dazu noch dieses ungewohnte Klima. Sehr wahrscheinlich. Aber ich bin ein alter Mann, meine Herren, ich kenne das Leben. Junger Mann, freuen Sie sich! Sie verlieren nichts. Sie gewinnen! Koheleth sagte: ›Besser wäre ihm, daß er nie geboren wäre.‹ So oder so: Der Fall ist klar: Hier bleibt nichts zu tun. Sehen Sie lieber dies an! Es ist ein Band portugiesischer Novellen. Der Verfasser ist der gegenwärtige Minister

für Kultus und Unterricht. Sie kennen die ›Contes drôlatiques‹. Balzac ist harmlos gegen unseren Minister.«

»Balzac«, rief Freund Hahn, »da kenne ich eine Anekdote ...«

Ich kannte sie auch. Also raffte ich meine Mäntel und Decken und meinen Zorn zusammen und verließ unbemerkt das Wartezimmer. Vor dem Hause sah ich mich flüchtig um, aber niemand folgte mir. Nach meinen Empfindungen mußte ich 43 Grad Temperatur haben. Ich brannte bereits. Ich setzte mich auf den Rinnstein, zog mein Thermometer aus der inneren Manteltasche und maß meine Temperatur unter der Achsel. Ich tat es dreimal. Es stimmte. Ich hatte nur 38,4 Grad. Sollte dem Verhalten des Dr. Schatte also eine wohlbeabsichtigte psychophysische Heilmethode zugrunde liegen? Gleichviel! Ich hatte genug.

Ich pfiff dem Droschkenkutscher und ließ mich zum nächsten portugiesischen Arzt fahren. Vermittels eines deutsch-portugiesischen Wörterbuchs, nach gründlichster Untersuchung — er besah meine Zunge, fühlte meinen Puls, ich durfte meinen Oberkörper entblößen, meine Brust wurde beklopft, mein Rücken, ich durfte husten und mich räuspern, es wurden sogar meine Augen geprüft, ich war wirklich hochbefriedigt von der tadellosen Ausführung —, nach diesem strengen wissenschaftlichen Unternehmen einigten wir uns darauf, daß ich eine Austernvergiftung habe, nichts als holländische Kondensmilch trinken solle, im Bett liegen natürlich, und in zehn Tagen gesund und fröhlich sein werde. Letzteres stimmte mich besonders freundlich. Als ich nach zehn Tagen gesund und fröhlich aufstand, gedachte ich gerührt der Heimat. Ich hatte den Süden satt. Ich ging aufs Büro der Reederei und löste mein Schiffsbillett.

Ich hatte Glück, in sechs Stunden ging ein Dampfer nach Hamburg ab. Da erinnerte ich mich meines Freundes Hans Hahn. Richtig, wo steckte denn Hans? Daß ich ihn so vergessen konnte. Wo sollte ich ihn jetzt in dieser hitzigen Stadt Lissabon suchen? Wer konnte mir Bescheid geben? Sollte ich zur Polizei gehen? Zum Konsul? Oder aufs Schiffsbüro? Denn seit ich mich von Dr. Schatte fortgeschlichen, hatte ich Hahn nicht mehr gesehen und im Wirbel der Genesung nicht beachtet, daß er nicht kam. Aber er kannte ja meine Adresse gar nicht. Ich fragte im Hotel Frankfurt, wo gerne Deutsche abstiegen. Er wohnte nicht dort.

War er abgefahren in der Meinung, ich stürbe baldigst? Ich kam zu Dr. Schattes Wohnung. Vielleicht wußte er etwas? Zwar woher? Aber was tut man nicht alles, wenn man einen teuren Freund sucht.

Ich klingelte; das Zimmermädchen tat mir auf, ganz ohne ein Zeichen freudigen Wiedererkennens. Ich öffnete die Tür des Sprechzimmers und prallte zurück. Hier saß bleich, erschöpft, sichtlich gealtert, vor Hunger abgemagert, mein Freund Hahn, ihm gegenüber, gleichfalls angegriffen, Dr. Schatte. Rund um sie waren Berge von Büchern aufgestapelt. Beide erzählten gleichzeitig fast jugendliche Anekdoten. Ich erkannte die Situation. Hahn war gar nicht fortgegangen. Sie saßen noch so beisammen, wie ich sie vor knapp zehn Tagen verlassen hatte. Sicher hatten sie meine Abwesenheit gar nicht wahrgenommen. Ich schlich unbemerkt zu meinem alten Stuhl, setzte mich und hörte zu. Was mußte ich vernehmen? Sie erzählten sich beide die nämliche Anekdote. Das war zuviel.

»Doktor«, rief ich. »Dr. Schatte, das ist unerträglich!«

»Typhus«, erwiderte Dr. Schatte, ohne sich mir zuzuwenden.

Sie haben Bauchtyphus. Sie sterben. Aber das tut nichts. Kennen Sie die Geschichte von dem König der Perser . . .«
Da zog ich Wachs aus der Tasche und tat es Hans in die Ohren. Sogleich ließ er sich von mir zum Hafen führen und aufs Schiff, und schon nach drei Tagen landeten wir glücklich in Hamburg.

Manfred Limmroth

WERNER FINCK

Surrealistischer Vierzeiler

Gestern trat ein Fräulein an mein Bette
Und behauptete, die Märchenfee zu sein,
Und sie fragte mich, ob ich drei Wünsche hätte,
Und ich sagte, um sie reinzulegen: nein!

An Ruth

Mein Herz blüht auf. Ich bin direkt erschrocken!
Denn, unter uns, ich hielt's für ziemlich abgebaut.
Doch scheint es sich noch einmal aufzustocken.
Und kurz und gut, ich habe wieder einmal eine Braut.

Braut ist zuviel. Geliebte auch nicht richtig:
Wir machen's mehr auf gute Kameraden.
(Das andre ist ja wirklich halb so wichtig,
Und wenn's mal wichtig wird, wird's auch nichts schaden.)

Ich tue das, was ein Verliebter meistens tut,
Ich brumme Schlagertexte vor mich hin,
Schreib' Verse nieder, nenne sie »An Ruth!«
Und freu' mich schrecklich, wenn ich einmal bei ihr bin.

Manchmal bleibt der Strom weg, der uns bindet,
Und da reden wir an uns vorbei,
Bis dann schließlich einer findet,
Daß der andre scheußlich sei.

Dieser andere bin ich.
Traurig murm'le ich, wie dumm,
Das bezieht sie dann auf sich,
Und dann sind wir beide stumm.

Und da läßt sich gar nichts machen,
Einigkeit ist eben Glück.
Bis wir schließlich selber drüber lachen,
Und da kommt der Strom zurück.

Komm, laß uns mal zusammen weinen,
Mir ist jetzt grade so zumut.
Leg deinen Dickkopf an den meinen —
Na, sei so gut.

Du bist das Weib, du mußt beginnen,
Und sei getrost, ich tröste dich.
Ein Mann wie ich weint nur nach innen,
Und seiner Zähre schämt er sich.

Wie heute deine Haare riechen —
Ich bin wahrscheinlich doch sehr klein.
Ich möchte mich in dich verkriechen
Und nicht mehr aufzufinden sein.

Hellmut von Cube

Dreimal Milosch

Ich weiß nicht mehr, worüber wir gerade sprachen — es wird vermutlich eines jener Probleme gewesen sein, die in den Cafés scharenweise darauf lauern, daß sich zwei Männer zu einem Glas Slibowitz zusammensetzen. Aber das eine weiß ich noch: Der Slibowitz war hervorragend, der pure Pflaumengeist. Auch gegen das Café war nichts zu sagen, es drang mit seinen kleinen, runden Marmortischen durch die Arkaden bis an die Straße vor, in den Hochsommerabend und die ein wenig südliche Atmosphäre der Stadt. Alles war noch auf den Beinen, flanierte und debattierte, begleitet von den Rufen der Straßenhändler und Zeitungsverkäufer. Kurz und gut: Wenzel, der dicke, kraushaarige Wenzel, der sich nicht so leicht aus der Ruhe bringen ließ, brach mitten im Problem und mitten im Satz ab. Er duckte sich etwas, so daß er gegen die Straße zu durch mich gedeckt war. »Um Gottes willen!« flüsterte er, »die Tichnewski!« — »Lisa Tichnewski vom Konsulat?« fragte ich. Er nickte. »Aber sie ist doch reizend!« fuhr ich fort. »Ja, ja — eben«, erwiderte er unglücklich, »verflucht noch einmal!« — »Ist sie vielleicht zu reizend?« fragte ich. »Ich meine, bist du um dein vielgepriesenes Gleichgewicht besorgt?« — »Das weniger«, antwortete er, »aber ich habe Angst um die Geschichte, die ich für den ›Kurier‹ geschrieben habe, oder vielmehr um den Schluß der Geschichte. — Es ist am einfachsten, ich erzähle dir rasch das Ganze. Also, ich war neulich auf dem Konsulat, und wie die Tichnewski mich sieht, ruft sie: ›Herrlich, daß Sie kommen! Ich habe eine Geschichte für Sie. Onkel Stefan hat sie mir gestern erzählt, und der hat sie von seinem Vater, dem tollen Friedensrichter von Ungvar!‹ — Nun«, fuhr Wenzel fort, »ich resümiere den Inhalt: Ein jungverheiratetes Paar, Bauern, Hinterwäldler, da irgendwo in den Karpaten, lange vor dem letzten Weltkrieg. Der Mann wird eingezogen — Dienstzeit bei der k. u. k. Armee. Die Garnison ist weit fort, ich weiß nicht, in Preßburg oder in Kaschau, und Urlaub bekommt er nicht, vielleicht, weil er säuft, vielleicht, weil er einfach nicht fragt. Kurzum, die Frau zu Hause in den Karpaten bringt ein Kind zur Welt, einen Sohn. Sie nährt ihn und wiegt ihn und so weiter, und eines Tages denkt sie, der Milosch — oder wie der Mann nun heißt — muß doch den Kleinen sehen, den einzigen, süßen, tomatenrunden.

Sie packt also die halbe Speisekammer zusammen, bündelt den kleinen Milosch und fährt los. In dem Städtchen aber, wo sie umsteigen muß, fällt ihr ein: Ich habe ja nichts zum Mitbringen für den Mann! So geht sie in den Ort hinein und sieht auf dem Hauptplatz ein Kaufhaus. Dieses Warenhaus von, sagen wir einmal Neuhäusl, erfüllt sie mit Ehrfurcht, die riesenhaften Schaufenster, die großen Räume, die vielen eleganten Leute — und daneben sie, die arme Bäuerin aus dem Karpatendorf! Schließlich geht sie zaghaft hinein, den Kleinen läßt sie draußen liegen, im Schatten der Markise. Sie kann doch unmöglich einen Säugling mitnehmen in einen solchen Palast, denkt sie. — Du wirst schon ahnen, wie es weitergeht. Bis sie, die Ungeschickte, Schüchterne, endlich mit einem Hemd für den großen Milosch herauskommt, ist der kleine Milosch verschwunden. Er ist aufgewacht, er hat gebrüllt, die Leute sind stehengeblieben, mitleidige Frauen, rasche Polizei — weg ist er. Und so verzweifelt die Mutter auch ist, sie kommt nicht auf den Gedanken, zur Polizei zu gehen. Es sagt ihr das auch kein Mensch, einfach weil sie niemanden fragt, denn sie besteht nur noch aus Angst. So fährt sie denn weiter zum großen Milosch in die Kaserne. Als sie aber vor ihm steht, als sie sein glückliches Gesicht, seine prächtige Uniform, seine kräftigen Arme sieht, findet sie nicht den Mut, das Unglück zu gestehen. Er wird sie schlagen, er wird sie verstoßen — nein, sie kann es nicht sagen. Also läßt sie einfach den kleinen Milosch, den süßen, tomatenrunden, sterben — an Durchfall, an plötzlichen Krämpfen, vor vier Tagen. Fast glaubt sie es selbst, und die Tränen sind nur allzu echt. Der große Milosch ist traurig, doch er tröstet sie, er sagt, er werde dafür sorgen, daß wieder ein kleiner Milosch auf die Welt kommt, und vermutlich verstärkt er dabei seine Zärtlichkeiten. — Aber das hat mir die Tichnewski natürlich nicht erzählt. Sie hat überhaupt nichts mehr erzählen können, denn plötzlich ging die Türe auf, und Seine Herrlichkeit der Konsul kam herein und nahm die Tichnewski gleich mit sich ins Heiligtum: ›Drrringäänd — drrrrringääänd!‹ — du weißt ja, wie er ist.« Wenzel hielt einen Augenblick inne. »Du hast also«, sagte ich, »die Geschichte allein fertig geschrieben, und jetzt hast du Angst davor, daß die Wirklichkeit dir durch den schönen, üppigen Mund der Tichnewski eine Enttäuschung bereitet! Ist ihre Pointe besser als die deine, bist du als Schriftsteller gekränkt. Ist sie schlechter, bist du um deine Erwartungen betrogen. Ich verstehe! Aber jetzt erzähle mir die Geschichte in deiner Variante fertig.« Wenzel sah mich an wie ein ertapptes Kind, was ihn nicht hinderte, zwei weitere Slibowitz zu bestellen. Inzwischen waren die Bogenlampen angegangen, und in ihrem kreidigen Licht gab der abendliche Korso eine vorzügliche Kulisse zu dem Kampf, den die Feder Wenzels gegen jene

Feder aufnahm, die das Leben führt.
»Du kannst ja die Geschichte dann im ›Kurier‹ lesen«, fuhr er fort. »Ich gebe sie dir jetzt lediglich in Stichworten. — Also, das entwickelt sich in zwei Linien. Erste Linie: Findelkind — Waisenhaus — Adoption durch Apotheker — Medizinstudium — hervorragender Chirurg — im Weltkrieg Chef eines Feldlazaretts. Zweite Linie: Milosch und Frau wieder im Karpatendorf — viele kleine Milosche und Miloschinnen — Glück und Frieden bis zum Weltkrieg. Und jetzt, verstehst du — bei dem großen Russeneinfall von 1915 treffen sich die beiden Schicksalslinien: Familie Milosch auf der Flucht in einem belagerten Dorf — Beschuß — die Frau . . .« — »Stopp!« rief ich, »ich weiß schon genug: Frau lebensgefährlich verletzt — Militärauto nimmt sie ins Feldlazarett mit, wo sie der kleine, groß gewordene Milosch eine Minute vor Torschluß operiert. Fehlt nur noch seine erste Visite und die Narbe über dem linken Auge, an der die Mutter ihren Sohn erkennt! — Sehr rührend, sehr romantisch, aber wenig originell. Das Leben macht so etwas ganz anders, viel normaler, viel weniger effektvoll!« Wenzel war gekränkt. »Bitte, bitte«, sagte er höhnisch, »wenn du es so genau weißt, dann erzähle doch du die Geschichte fertig!«
»Warum nicht?« erwiderte ich. »Auf jeden Fall bilde ich mir ein, der Wirklichkeit näherzukommen. Also, ich könnte mir die Fortsetzung ungefähr so denken: Der kleine Milosch kommt meinetwegen ins Waisenhaus und wird meinetwegen von einem Apotheker adoptiert. Er geht auf eine ordentliche Schule und hat es nicht besser und nicht schlechter als hunderttausend andere Buben, wozu auch kein Anlaß besteht, denn er ist weder besser noch schlechter als sie und keinesfalls außerordentlich begabt. Papa Milosch ist inzwischen längst

Heinrich Zille

»Vata wird sich aba frein, wenn er aus't Zuchthaus kommt, det wir schon so ville sind . . .!«

wieder vom Militärdienst heimgekehrt, baut seinen Mais und züchtet seine Schweine. Nur leider mit den kleinen Miloschen und Miloschinnen wird es nichts, so sehr er sich auch Mühe gibt und so fleißig die Frau auch betet und Wallfahrten macht. Für die Frau ist es wie eine Strafe Gottes, und von Jahr zu Jahr drückt es sie mehr. Schließlich beichtet sie es dem Pater Joseph, dem milden, mit den tausend Fältchen und den Zwetschgenaugen. Er sagt, sie muß es dem Mann gestehen, und sie müssen das Kind suchen. So geschieht es auch, natürlich nicht, ohne daß die Frau eine ordentliche Tracht Prügel bezieht. Den kleinen Milosch ausfindig zu machen ist gar nicht so schwierig. Man erinnert sich, man schüttelt staunend den Kopf, man blättert in den Akten und man weist sie zu den neuen Eltern — sagen wir: Apotheker Kuhatschek in der Alten Gasse 12. Wahrhaftig, da ist der kleine Milosch, ein richtiger Bub, die schiefe Nase vom Vater, die Hände von der Mutter. Tränen fließen, Tränen der Rührung bei den Eltern, Tränen der Angst bei dem kleinen Milosch, Tränen des Zorns bei den Kuhatscheks. Und als die Tränen getrocknet sind, müssen Miloschens ohne Sohn nach Hause fahren; denn der kleine Milosch will durchaus nicht mit den fremden Bauern gehen, und die Kuhatscheks denken nicht daran, ihn herzugeben — diesen Leuten, denen nach acht Jahren ihr Sohn einfällt! Im Weltkrieg kommt der Infanterist Kuhatschek meinetwegen in das Karpatendorf, aber auch da führt das Schicksal nicht zusammen, was es getrennt hat. Schluß! — So, meine ich, könnte es gewesen sein, so ungefähr schreibt das Leben.«

»Das Leben schreibt viel schöner und viel interessanter!« Lisa Tichnewski stand plötzlich vor uns. Sie hatte am Tisch hinter der Säule alles mitangehört. Weder ließ sie Wenzel Zeit, zu erschrecken, noch mir, zu widersprechen, noch uns beiden, sie zu begrüßen. »Hören Sie zu«, sagte sie lebhaft, »der arme kleine Milosch wurde in Neuhäusl einem Polizisten übergeben. Wie nennen wir ihn? Er muß einen schönen Namen haben — Ladislaus. Ladislaus Illitsch. Sicher ein dicker, roter Mann mit kohlschwarzem Schnurrbart. Auf jeden Fall war er gutmütig, denn er hat den brüllenden kleinen Milosch einfach mit heimgenommen, obwohl er schon zwei fast erwachsene Töchter hatte und obwohl Frau Illitsch gar nicht gutmütig war, sondern geizig. Ich stelle sie mir mager und falsch vor wie eine schlechte Gasthaussuppe. — Der große Milosch aber, der Soldat, bekam doch einmal Urlaub und fuhr nach Hause.

In der kleinen Stadt, in der auch er umsteigen mußte, hatte er Aufenthalt. Er beschloß, seine Tante dort zu besuchen. Er mochte sie zwar nicht besonders gern, aber wohin sollte er sonst gehen, und vielleicht würde sie ihm auch ein Essen vorsetzen. Das Essen bekam er auch, und da er schon bei der Suppe vom Tod des kleinen Milosch erzählte, fiel es reichlicher aus, als er erwartet hatte. ›Jesses, du armer Kerl‹, hieß es da, ›jetzt lang nur tüchtig zu. Ein Schweinernes hab' ich auch noch für dich.‹ Und nach dem Essen gab es zwei Schnäpse und noch einen dritten und einen vierten. Beim vierten aber sagte die Tante, er und seine Frau wären nun sicher sehr traurig, und da sei ihr ein Einfall gekommen, wie sie ihnen helfen könne. — Also, jetzt kann ich es nicht länger hinauszögern: Die Tante war niemand anderes als die Frau Illitsch! Sie wollte den verflixten fremden Wurm, den ihr der Ladislaus ins Haus gebracht hatte, auf gute Art wieder loswerden, und da kam ihr der Milosch und sein Unglück wie gerufen. Er habe doch alles, was ein Kind brauche, sagte sie ihm — eine junge Frau, eine Kuh, frische Luft und ein gutes Herz. Und obendrein verrichte er damit noch ein christliches Werk. Kurz und gut, der Milosch ließ sich breitschlagen.
So fuhr er denn am nächsten Morgen mit Lubka, der älteren von den Illitsch-Töchtern, die den kleinen Milosch auf der Reise betreute, nach Hause, den Karpaten zu. Wenn ich mir das vorstelle: wie flau ihm zumute war, wie er mit jedem Kilometer mehr Bedenken bekam! Und dabei war es sein eigener Sohn!! — Und nun die Frau. Denken Sie sich die Frau! Da steht sie vielleicht eben in ihrem Gärtchen, und da kommt doch plötzlich der Milosch daher. Aber wen bringt er mit aus der Stadt? Ein Fräulein und ein Kind!! — Ach, Wenzel, das müssen Sie schreiben. Die Eifersucht und das Miß-

trauen der Frau, die Erkennungsszene, das Erstaunen und der Zorn von Milosch, die landesübliche Tracht Prügel und das darauffolgende gemeinsame Glück!«

Kaum hatte das Leben mit der Pointe der schönen Tichnewski triumphierend sowohl die Karte der romantischen Phantasie wie jene der ängstlichen Realistik gestochen, als die Zeitungsverkäufer laut schrien: »Extrablatt! Extrablatt!«, und da lag auch schon eines auf unserem Tisch. Lisa Tichnewski rang in komischer Verzweiflung die Hände. »Das ist dringäänd — drrrrringäänd!«, rief sie. »Ich muß fort zum Konsulat.« Und sie ging, aber nicht ohne Wenzel ins Schlepptau zu nehmen — auch drrringäänd, in Sachen Milosch. In Sachen Milosch? In Sachen Tichnewski, denke ich. Würdig schritt er an ihrer Seite, und ich gönnte es ihm wahrhaftig. Ich aber bestellte noch einen Slibowitz und trank ihn auf das Wohl des Lebens.

Irmgard Keun

Ich zaubere Wahrheit

Sie müssen raus. Tante Betty und Cousine Lina müssen fort. Unsere Elise sagt auch, es wäre nicht zum Aushalten mit diesen Auerbachern. Wenn man sich vorstelle, daß in Auerbach lauter solche Leute wohnen, dann sehe man erst, wie gut man es anderswo habe.

Meine Tante Millie, die eine viel ältere Schwester von meiner Mutter ist und bei uns lebt, hat gemacht, daß die Tante Betty und die Cousine Lina aus Auerbach zu uns eingeladen worden sind. Dadurch sind mir jetzt die ganzen Pfingstferien verekelt.

Sie sagen, meine Cousine Lina sei ein musterhaftes Kind und müsse mir als leuchtendes Beispiel und Vorbild dienen. Jetzt schläft sie mit in meinem Zimmer und ist schon dreizehn Jahre alt und sieht aus wie die Giraffe aus unserem zoologischen Garten — so ganz lang und dünn mit hinterlistigen Horchohren und braunen Augen, die aus dem Kopf quellen, nur ein schönes, getupftes Fell hat sie nicht. Diese Giraffe verdirbt mir jetzt durch Tante Millies Schuld das Leben. Immerzu stickt sie Kissenplatten für ihre Mutter — ich muß es auch tun, weil ich sonst lieblos bin und weil ich endlich weiblich erzogen werden soll.

Mittags bei Tisch dreht die Giraffe ihre Hände wie Korkenzieher hin und her und guckt auf meine und sagt ganz hoch und erschrocken: »Oh, du mein! — wie kann ich essen, wenn ich deine schmutzigen Finger sehe.« Meine Hände haben es nun mal an sich, daß sie immer schmutzig werden. Waschen nützt bei mir gar nichts. Und dann starrt die Giraffe auf meinen Teller, bei jedem Bissen habe ich Angst, ich esse eins von ihren Augen mit, das ihr vor lauter Starren aus dem Kopf und auf meinen Teller gefallen ist.

Ich hasse es, wenn sie immer so aufpaßt. Ich kann nämlich vom Fleisch nicht die Haut und das Fett mit kleinen Röhrchen drin essen und von Heringen die glänzende Pelle — es ekelt mich so, daß ich würgen muß, wenn es in meinen Mund kommt. Die Erwachsenen sagen, ich müsse das überwinden, ich dürfe keine teuren Gottesgaben verkommen lassen, andere arme Kinder wären froh, wenn sie so was Gutes hätten. Und man müsse auch unbedingt immer seinen Teller sauber leer essen. Dabei tun sie mir auf den Teller, was ich gar nicht drauf haben will. Niemals würde mein Vater seinen Teller sauber leer essen, wenn man ihm Haufen von Möhren drauftäte, aber er würde rasend werden. Er hat einen Abscheu vor Möhren, und darum bekommt er immer extra Kohlrouladen, wenn wir andern Möhren essen. Und ich habe solchen Ekel vor Fett. Und schneide es immer heimlich ab und schiebe es zum Schluß unter Messer und Gabel — nie hatte einer was gemerkt in der letzten Zeit.

Und nun kommt diese Giraffe, stiert mir auf den Teller und sagt: »Aber da hast du ja das gute, gute Fett unter Messer und Gabel versteckt.« Und dann seufzte Tante Betty meine Mutter an: »Liebste, wie verwöhnt ist doch deine Kleine — ich als Witfrau kann es mir nicht leisten, meine Kinder so zu verwöhnen, wir haben kein Fett zum Wegwerfen.« Alle guckten mich an, ich sollte das Fett essen. Ich habe es versucht und wollte es und mußte würgen, meine Augen weinten.

Dann hat die Giraffe gesagt: »Na, aber nun auch noch schön

den Rest essen.« Da habe ich den Rest vom Teller genommen und der Giraffe über den Tisch weg ins Gesicht geworfen und geschrien, ich wollte kein gutes Fett verkommen lassen, ich wollte es nur nicht essen. Und ich würde es auch nicht essen, wenn ich ein armes, hungerndes Kind wäre. Ich habe geschrien, die Tante Betty wäre gar nicht richtig arm, aber das alte Lappes Marjenn, das immer die Lumpen sammelt und die Schuttabladestellen durchwühlt, wäre arm. Das hätte sicher oft Hunger. Aber ich hab' mal gesehn, wie der Herr Meiser ihr einen Teller voll Muscheln geben wollt', weil die Meisers so viele hatten, die schlecht wurden. Da hat das Lappes Marjenn sich richtig geschüttelt und gesagt, so was würde sie nicht essen, und wenn der Herr Meiser ihr zehn Mark dafür geben tät'. Das hat der Herr Meiser nicht verstanden, denn für ihn sind Muscheln die höchste Delikatesse. Er hat gemeint, das Lappes Marjenn wär' verschnuppt und hätt' viel mehr zu essen, als man allgemein annehmen würde.

Meine Mutter hat gesagt, ich müsse essen, um stark zu werden. Ich möchte wahnsinnig gern ungeheuer stark sein und male mir manchmal aus, was dann sein würde. Felsblöcke könnte ich in Gebirgen umherschleudern, meinen Vater könnte ich ohne weiteres mit einer Hand von einem Zimmer ins andere tragen, die Kerkertüren der Gefangenen könnte ich aufbrechen, gegen dreißig Kinder auf der Straße kämpfen, auf Tigern und Löwen durch die Stadt reiten, rasende Automobile anhalten, indem ich mich dagegenwerfe, und die Waschmaschine auf den Herd heben, ohne daß meine Mutter mit anfassen muß. Ich tu auch was fürs Starkwerden. In Tante Millies Nachtkommödchen habe ich »Orientalische Kraftpillen« gefunden, davon esse ich immer mal heimlich von Zeit zu Zeit eine.

Sie haben an dem Mittag auch gesagt, ich wäre ein beispiellos lügnerisches, ungezogenes Kind, und haben mich vor dem Nachtisch aus dem Eßzimmer geschickt. Ich sollte auf die Strafe warten. Ich bin zu Elise in die Küche gegangen, die hatte noch einen Rest Pudding für mich, und wir haben zweistimmig ein herrliches Lied gesungen: »Ich schieß' den Hirsch im wilden Forst . . .« Das ist das Lieblingslied von einem sehr netten Schutzmann. Andere Schutzmänner, die sich wichtig machen, singen Hänschen Lachs und ich immer an: »Da steht ne Schutzmann, da steht ne Schutzmann, dä hätt der janze Dag noch nix gedonn . . .« Dann ärgert sich der Schutzmann, und wir laufen schnell fort. Elises Schutzmann heißt Erich, und Elise verkehrt mit ihm. Sie sagt, er würde nächsten Sonntag bei ihren Eltern in Grevenbroich vorsprechen. Ich habe gefragt, ob der Schutzmann nicht Tante Betty und die Giraffe einfach festnehmen könnte und nach Auerbach zurückschicken und Tante Millie dazu. Elise sagte, das wünsche sie auch. Aber dann hat sie den Kopf geschüttelt, daß ihre kleinen, braunen Locken hin und her geflogen sind, und hat gesagt, dazu bedürfe es leider eines dienstlichen Befehls.

So ein ekelhaftes Leben. Abends kann ich nicht mehr heimlich im Bett lesen, die Giraffe paßt genau auf, und sie haben mir ein wunderbares Indianerheft weggenommen: »Der Skalp einer weißen Frau.« Hänschen Lachs hat es mir geliehen, und der hat es von Ziskorns Mathias, und dem gehört es auch nicht — und ich verliere die Ehre meines Stammes, wenn ich es nicht wiedergebe. Die Giraffe liest manchmal in einem Buch: »Rotblondes Komtesserl, wann spricht dein Herz?« Ich wollte es ihr klauen und Hänschen Lachs für den »Skalp einer weißen Frau« geben. Aber es ist so ein dummes, langweiliges Buch, von Indianern kommt nichts drin vor und von Menschenfressern und Mondschein-Elfen und wilden Tieren auch nichts.

Tante Betty hat gesagt, unsere Elise wär neugierig und faul, und Elise hat gesagt, die Giraffe wär ein heimtückisches Kind und Tante Betty wär eine mißgünstige Person und würde zur Tante Millie gemeine Bemerkungen machen über meine Eltern. Und meine Mutter hat einmal bei meinem Vater geweint: »Ach, Mann, ich halte Bettys ewige Sticheleien bald nicht mehr aus.« Mein Vater meinte, weibliche Menschen hätten nun mal von Natur feindliche Haßgefühle füreinander, die immer wieder hervorbrechen würden. Das finde ich auch, wenn ich sehe, wie bei der widerlichen Frau Meiser und der Knoll und dem Fräulein Löwenich immer wieder Gemeinheiten gegen mich hervorbrechen. Aber in mir bricht eigentlich auch immer was gegen sie hervor. Gegen meine Mutter und Elise bricht aber nichts in mir hervor, und die sind doch auch weiblich.

Elise sagte, auf dem ganzen Hause laste ein Druck, und wenn diese Auerbacher noch zehn Tage bleiben, werde irgendein entsetzliches Unglück geschehen. Jetzt hat sich das entsetzliche Unglück bei Elise schon durch einen schweren Traum von zerbochenen Suppenterrinen und verschimmeltem Brot, das in Marderfelle gewickelt war, angekündigt. Elise hat ein echt ägyptisches Traumbuch, aus dem ein Eingeweihter alles erfahren kann.

Ich habe das entsetzliche Unglück in zehn Tagen verhütet und gemacht, daß es vorher kam und daß die Auerbacher ganz schnell abgereist sind. Und das kam so: Meine Mutter veranstaltete ein kleines Fest zu Ehren von Tante Betty und damit ihr beim besten Willen keiner was vorwerfen könnte. Zu Elise sagte meine Mutter: »Wir wollen uns Mühe geben und alles aufs beste machen, wir nehmen gefüllte Tauben, alles muß leicht sein — meine Schwägerin hat einen nervösen Magen.« Und dann haben sie stundenlang in der Küche gearbeitet. Mein Vater mußte haargenau pünktlich aus dem Geschäft kommen, denn es ist Sache des Mannes, eine Waldmeisterbowle zu bereiten.

Tante Betty war da und Tante Millie und der Herr Kleinerz von nebenan und Onkel Halmdach. Der ist ein Vetter von meinem Vater. Tante Millie kann ihn nicht leiden, weil er am Aschermittwoch zu uns kam und sofort auf unserem hellen Seidensofa eingeschlafen ist. Mit einer Geckenmütze auf und mit schmutzigen Stiefeln! Gänsehaut ist mal eben über mich geschnurrt vor Aufregung und Freude, denn ich hasse dieses Sofa, auf das sich nur Gäste setzen dürfen, und das wird auch nicht gern gesehen. Wenn ich das Sofa nur mal angucke, dann schreien sie schon los und tun, als hätt' ich's schmutzig gemacht und den Seidenstoff zerschabt. Einmal hab' ich Christinchen Moosbach und noch ein paar Kinder zu mir nach Haus genommen, weil meine Mutter und Tante Millie zur Stadt waren, um gesunde Reformkorsetts zu kaufen. So was nimmt Zeit in Anspruch. Ich wünschte nur, daß sie mir diesmal nichts Scheußliches mitbringen würden — nämlich ein kratziges Wolleibchen oder besonders gesunde Schuhe, mit denen ich nicht laufen kann und über die andere Kinder nur lachen, oder eine gesunde, praktische Wachstuchschürze für die Schule, über die auch nur gelacht wird, oder einen gesunden praktischen Gradehalter. Sie sagen, sie kaufen es aus Liebe, aber alles Gesunde und Praktische, das sie kaufen, ist mir eine scheußliche Qual. Sie wissen gar nicht, wie das ist, wenn man als einziges Kind mit einer praktischen, gesunden Regenkappe aus Wachstuch und Flanell in die Schule gehen muß, wo lauter Kinder sind, die nicht so was Komisches aufhaben. Regen macht mir nichts aus, aber die Kappe hat mir was ausgemacht, und wenn ich sie bei schlechtem Wetter aufsetzen mußte, hab' ich sie abgenommen, sobald ich aus dem Haus war, und in meine Schultasche gestopft. Und an der Haltestelle von der Straßenbahn mußte ich dann noch Angst haben, daß jemand mich sehen würde ohne Kopfbedeckung im Regen. Und weil die Kappe durch die Schultasche etwas zerknüllte, machten sie mir Vorwürfe, daß ich meine teuren Sachen nicht gut hielte, und der arme Vater müßte schwer das Geld dazu verdienen, und für sich selbst würden sie sich so was gar nicht leisten. Ich wünschte, sie würden sich überhaupt nichts mehr leisten für mich. Sie wollen auch immer, daß ich dankbar und froh bin, wenn sie mir so was mitbringen.

Als damals meine Mutter und Tante Millie zur Stadt waren, hab' ich Christinchen und die anderen Kinder in den Salon zu dem Seidensofa geführt und sie alle nebeneinander drauf sitzen lassen, weil ich etwas Besonderes für alle wollte. Da saßen die Kinder nun auf dem Seidensofa und waren nicht besonders glücklich und warteten, daß ich ein Spiel erfinden würde oder einen Zauber — da kam Tante Millie vorzeitig zurück und erstarrte. Die Kinder konnten sich gar nichts erklären, denn ich hatte ihnen ja nur gesagt, mein Vater hätte hundert Sofas, und sie sollten sich nur eben mal auf dieses Sofa setzen, sie könnten es auch ruhig kaputt machen, und ich würde dann etwas Besonderes unternehmen und vielleicht am Kronleuchter schaukeln. Ich fand es schön, daß so viele Kinder auf einmal auf dem dummen, toten Sofa saßen. Tante Millie fand es nicht schön, und sie behandelten mich später wie den grauenhaften Mann, der unter höhnischem Gelächter einen

Altar entweiht hat — das hat in ihrer Missionszeitung gestanden, die sie von Zeit zu Zeit immer wieder hat abbestellen wollen wegen der Kosten.

Ganz sorglos hat der Onkel Halmdach auf dem Seidensofa gelegen. Und er hat gesagt, seit Karnevalssamstag hätte er kein Bett mehr gesehn, und jetzt brauchte er Ruhe und zwanzig Mark.

Er wollte auch neulich mal eine Flasche Kognak von uns trinken. Mein Vater war nicht da, und Tante Millie sagte, wir hätten leider keinen Korkzieher. Da hat Onkel Halmdach glatt gesagt, das machte nichts, er könnte sonst nicht viel, aber es wäre ihm von Natur gegeben, jede Flasche mit einer einfachen Nagelfeile aufmachen zu können. Und dann hat er es getan, und hinterher hat er Tante Millie als rasende Dampfturbine aufs neue weiße Tischtuch gezeichnet. Da war Tante Millie wütend, und Onkel Halmdach hat gerufen, wenn er mal ein Auto hätt', würde er sich Tante Millie als Maskottchen auf die Kühlerhaube setzen, damit alle Verkehrsschupos fortliefen — aber es müßte dann allerdings ein sehr starkes Auto sein, am besten ein Tank. Tante Millie kann es auch nicht leiden, wenn jemand ihr sagt, sie sei ein Staatsfraumensch, weil das eine dicke, gewaltige Frau bedeutet, die ernst und grimmig nachmittags in der Konditorei über fünf Stück holländische Kirschtorte mit Sahne ißt, um abzunehmen, weil sie mittags keine fette Sauce und keine Suppe gegessen hat auf ärztlichen Rat hin. Und Tante Millie hat mal gesagt, sie hätte im Grunde genommen die zarte Seele eines scheuen Vögelchens und die empfindsame, anschmiegsame Natur eines rankenden Efeus. Darum kann sie auch nicht leiden, wenn Onkel Halmdach sagt: »Also, Millie, du hast das Hinterteil eines friderizianischen Schlachtrosses.«

Ich kann Onkel Halmdach gut leiden, er zeichnet ulkige Sachen für Zeitungen und hat mir mal einen Kastenteufel geschenkt.
Nach dem festlichen Essen saßen alle im Wohnzimmer, die Giraffe und ich durften auch dabeisein, und von der Bowle bekamen wir ein kleines Portweinglas voll zum Trinken. Wir hatten Erlaubnis, bis neun Uhr aufzubleiben, aber bis dahin hatte ich längst den großen Krach gemacht.
Alle taten sehr höflich zueinander, als kennten sie sich nur ganz flüchtig. Der Mond schien gelb durch unsere Gardine, meine Mutter stellte eine Schale mit Veilchen auf den Tisch neben das blühende Mandelbäumchen, das der Herr Kleinerz meiner Mutter mitgebracht hatte, denn von allen Blumen liebt sie Mandelblüten am meisten. Sie muß nämlich dabei an ihr erstes Ballkleid denken, das auch so rosa war und so fröhlich. Schierling findet sie schlecht und häßlich, weil er giftig ist. Ich finde aber Schierling eigentlich genauso schön wie Schleiergras, und schlecht ist er auch nicht, denn er tut einem nichts und vergiftet auch keine anderen Schierlinge und auch keine anderen Blumen, mit denen er zusammensteht. Man kann ihn nur nicht essen wie Spinat, aber die meisten Menschen werden ja auch nicht gern durch den Wolf gedreht und als Spinat gegessen.
Wenn meine Mutter Blumentöpfe bekommt, machen wir als erstes immer die Papiermanschetten, die da rumgewickelt sind, ab, und später pflanzen wir die Blumen in unseren Garten. Meine Mutter sagt, da lebten sie länger und fühlten sich wohler, aber manchmal gehen sie auch ein. Die Manschetten tragen Hänschen Lachs und ich manchmal als Kronen, wenn wir indische Könige spielen und unser Land regieren.

»Welch sanfter Frühlingsduft«, sagt Tante Millie. »Du ge-

stattest, Betty«, sagte mein Vater und schenkte ihr ein und zündete sich dann eine Zigarre an. »Danke verbindlichst, Victor«, sagte Tante Betty und streichelt sich ihr Haar — »ein heiterer Friede herrscht in deinem Haus, Victor — deine kleine Frau ist ein liebes Geschöpf, nur scheint sie mir ein wenig verschwenderisch.« — »Trink mal aus, Betty«, sagte mein Vater. Ich hatte eine große Wut, denn Tante Betty hatte gesagt, Elise würde stehlen. Meine Mutter hat nämlich in der Küche gesprochen, Elise wäre so fleißig gewesen und so willig, sie sollte sich auch gefüllte Tauben nehmen und ganz viel Kuchen und von allem genug haben und für Erich auch was, und wenn schon, denn schon. Da hat hinterher auf dem Flur Tante Betty zu meiner Mutter gemein geflüstert: »Du bist ein wenig üppig, Liebste — dieses Mädchen wird sich hinter deinem Rücken schon genug nehmen.« — »Warum soll sie sich denn ausgerechnet hinter meinem Rücken genug nehmen, Betty — wo sie doch vor meinen Augen alles nehmen kann, was sie will?« hat meine Mutter gefragt und: »Sie ist noch das reinste Kind — hoffentlich habe ich ihr kein Vergnügen verdorben. Meine ungezogene Tochter ißt auch lieber die Äpfel, die sie sich vom Speicher stiehlt, als die, die man ihr gibt.« — »Weit wirst du kommen mit deinen eigenartigen Ansichten, entschuldige, Liebste«, flüsterte Tante Betty — »wenn sie dir erst mal einen Brillantring stiehlt . . .« Meine Mutter hat leise gelacht: »Wieso *einen*, Betty — es gibt doch nur *den* Brillantring, ich hab' nicht mehr und brauche nicht mehr.«
Tante Betty trank aus und kniff mich ganz fest und bestimmt ohne Liebe ins Gesicht und sagte: »Dein Töchterchen hat sich auffallend gebessert, lieber Bruder, der Umgang mit ihrem Cousinchen hat ihr gutgetan. Deiner Kleinen zuliebe sollte ich das Opfer bringen und ständig mit Lina hierbleiben.« Ich

habe mich zu Tode erschrocken.
Onkel Halmdach kam und wollte einen Kognak oder einen kräftigen Doppelkorn, weil die Bowle nichts tauge, denn Ehemänner könnten keine anständige Bowle machen. Mein Vater sagte leise, er ginge gern nachher noch mit Onkel Halmdach und Herrn Kleinerz auf ein Glas Bier mit. Dabei ist gerade der Onkel Halmdach manchmal wahnsinnig verzweifelt und sagt, bei der ganzen Sauferei käme nichts Gutes raus, nur Unfug und seelische Qualen und alles sauer verdiente Geld zum Teufel, und nie mehr würde er einen Tropfen anrühren. Aber später vergißt er das wieder, wenn ihm nicht mehr so schlecht ist.
Tante Millie hat mit Herrn Kleinerz angestoßen und gerufen: »Hach, ich werde noch einen Schwips kriegen.« »Dann wirst du uns allen die Wahrheit sagen, Millie«, rief Tante Betty — »nicht wahr, Vetter Halmdach, Kinder und Betrunkene sagen die Wahrheit? So heißt es doch wohl im Volksmund?« »Altes Plüschgehirn«, hat Onkel Halmdach zu meinem Vater hingemurmelt, »wenn die arme gelbgrüne Neiddrüse auf zwei Beinen das Wort ›Volksmund‹ flötet, möcht' ich sie vor lauter Mitleid psychoanalytisch behandeln und ihr einen Blumenstrauß schenken — also, ich hab' schon bildschön gelogen, wenn ich besoffen war.«
Ich hab' auf einmal denken müssen, wenn ein Kind ihnen die Wahrheit sagt, glauben sie es nie und lassen einen auch gar nicht zu Ende sprechen, und darum wollte ich ihnen mal als Betrunkener die Wahrheit sagen. Ich weiß genau, wie Betrunkene sind, durch den Lebrecht von gegenüber, er heißt ja sogar mit Vornamen Pankratius — solche Namenswörter muß ich manchmal vor mich hin sagen, und dann schmecken sie mir nach geheimnisvollem Kuchen, ich esse sie und muß mir

furchtbar viel ausdenken dabei. Wir haben ja auch in Köln einen Mauritius-Steinweg und eine Mauritiusstraße, und wenn ich in der Straßenbahn fahre, warte ich immer, daß der Schaffner das Wort »Mauritius« aufruft — das macht mich so aufgeregt und glücklich wie ein Durcheinander aus Locken und Blumen und Regen aus Samt. Ich brauche ja zur Schule nur bis zum Opernhaus zu fahren, aber ich fahre extra manchmal eine Haltestelle weiter, weil ich hören will, daß der Schaffner »Mauritius-Steinweg« ruft. Manchmal ruft er nicht, und ich steige aus und lese das Schild mit dem Namen, bis meine Augen es hören.

Der Lebrecht läuft von einer Wirtschaft in die andere nach Wacholder und fällt fast um auf der Straße, die Kinder rennen ihm nach. Seine Beine wanken, er dreht seine Augen, und seine Frau hat nichts zu lachen. Manchmal steht er starr und reckt seinen Arm und schimpft und schimpft und droht und droht und stolpert und fällt und redet. Seine Augen sind blind, er sieht nichts, er weiß aber, daß die Kinder da sind. Er redet in den Himmel und in die Luft, er redet nicht zu den Kindern. Alles ist wie ein Donner, der Lebrecht ist der langsame Donner. Er sagt alles, was er gerade will.

Ich wußte, wie Betrunkene sind, und ich wollte, daß Tante Betty mit der Giraffe abreiste. Ich bin ein Betrunkener geworden und habe meine Gelenke gelockert, wie ich das in der widerlichen orthopädischen Stunde gelernt habe, und bin auf den Boden gefallen. Ich bin wieder aufgestanden und bin hin und her geschwankt und habe dann starr auf die Giraffe gezeigt und gestöhnt und mit dem Kopf gewackelt — genau wie der Lebrecht Pankratius.

Alle sprangen auf und guckten mich an. Ich sprach mit dunkler Stimme: »Sie ist schlecht, Cousine Lina ist schlecht. Tante

Betty ist auch schlecht. Sie hat gesagt, meine Mutter verschwendete Geld und mein Vater würde unglücklich aussehen mit so einer Frau. Und Tante Betty hat gesagt, meine Mutter hätte gar keinen anderen Mann bekommen können in ihrer jammervollen Vermögenslage, sonst hätte sie einen rücksichtslosen, jähzornigen Tyrannen wie meinen Vater nicht geheiratet. Sie hat alles zu Tante Millie gesagt. Elise hat es gehört, und ich habe es gehört. Und als wir neulich Kohlsuppe hatten mittags und sonst nichts, da hat Tante Betty gesagt: Man wollte ihr im Hause des leiblichen Bruders Ärmlichkeit vortäuschen. Und vorhin hat sie gesagt, meine Mutter wollte mit gefüllten Tauben vor einer armen Witfrau prahlen, und bei der Erbschaft wäre sie auch betrogen worden, und ein Büstenhalter aus Spitze ließe tief blicken. Und sie haben gesagt, Elise stiehlt — das erzähle ich Erich, das erzähle ich dem Schutzmann — laßt mich doch los, laßt mich doch alle los — ich will — ich erzähle es dem Schutzmann, ich ...« Als Betrunkener muß man nämlich immer wieder dasselbe sagen zum Schluß.

Sie haben an mir rumgezerrt, ich bin wieder umgefallen und habe nur noch »lalalalala« gemacht. »Sie ist wahnsinnig«, hat Tante Betty zu meinem Vater geschrien und: »O pfui — ach, wie traurig« und: »Victor, in *unserer* Familie ist nie Geisteskrankheit vorgekommen.« »Betrunken«, stöhnte Tante Millie und hatte bestimmt furchtbare Angst, daß ich auch von ihr anfangen würde. »Sinnlos betrunken — um Gottes willen — das arme Kind«, riefen alle. »Ausgeschlossen«, sagte Onkel Halmdach, »das Kind ist auf keinen Fall einfach betrunken — das Kind hat einen Schulfall von Delirium. Großartig!« »Aber es hat ja überhaupt keinen Schluck aus seinem Glas getrunken«, sagte auf einmal Tante Millie mit dumpfer Stimme — »das Kind ist eine Verbrechernatur, das Kind simuliert.« »Aber es scheint die Wahrheit zu sprechen«, sagte plötzlich Herr Kleinerz. Ich liebe ihn, er ist klug und hilft mir immer.

Ich dachte, mein Vater würde mich verhauen, alle würden mich verhauen — aber mein Vater ging auf Tante Betty los, und Tante Betty ging auf Tante Millie los, und Tante Millie ging auf Elise los, die gerade Keks brachte. Weil ich als Betrunkener auf dem Boden liegen mußte, konnt' ich mir von den Keksen leider nichts nehmen. Die Erwachsenen hatten mich ganz vergessen, vielleicht hätten sie mich aus Versehen totgetreten, aber meine Mutter und der Herr Kleinerz haben mich aus dem Zimmer gezogen. Ich bin ganz stumm geblieben und starr und wollte nur immer, daß alles gut ging, und wußte schon gar nicht mehr, was nun alles gut gehen sollte und was ich eigentlich gewollt hatte.

Meine Mutter hat geweint und wollte unsern Doktor Bohnenschmidt anrufen, weil sie dachte, ich wäre betrunken und geisteskrank. Da bin ich sofort gesund geworden und habe meine Mutter geküßt. Sie hat mich ins Bett gebracht, wir haben gebetet, und später kam Elise. Wir haben gesungen: »Ich schieß' den Hirsch im wilden Forst, im tiefen Wald das Reh — den Adler auf der Klippe Horst — die Ente in dem See . . .« Das mit dem Adler ist am schönsten, da müssen wir beide weinen und singen laut wie Männer und wie wilde, rauschende Trompeten.

Da kam auf einmal meine Mutter und sagte: »Aber warum singst du denn so rohe Lieder, du hast doch Tiere gern — warum willst du denn alle Tiere erschießen?« Ich hatte aber gar nichts getan, ich hatte keinem Tier was getan, ich wollte nur laut singen, und den wunderbaren Adler auf der Klippe

Horst liebe ich doch. »Elise«, sagte meine Mutter, »meine Schwägerin hat ein Telegramm bekommen, sie muß mit ihrer Tochter den Schlafwagen nach Leipzig nehmen. Meine Schwägerin wünscht, daß Sie ihr beim Packen helfen, ich helfe auch mit — sind Sie zu müde?«
»Ach, von Herzen gern helfe ich da«, sagte Elise ganz glücklich und freundlich.
»Schlaf jetzt nur, mein kleiner Teufel«, sagte meine Mutter, »aber denke nicht, daß deine schreckliche Ungezogenheit vergessen ist.« Dann hat sie die Sachen von der Giraffe zusammengesucht und mir Gott sei Dank noch einen Kuß gegeben für meinen Traum und als allgemeine Beruhigung. »Schlaf jetzt.«
Aber ich war so aufgeregt, ich konnte nicht einschlafen. Ich mußte an die Giraffe denken, die in einem Schlafwagen fahren darf. Das ist ein Bett, das immerzu fährt. Es ist das Wunderbarste, das ich mir ausdenken kann — nichts wünsche ich mir so sehr, als einmal in meinem Bett zu fahren — schnell und glatt durch alle Straßen, bergauf und bergab, über Täler und Höhen. Und dann habe ich mir geträumt, daß ich mit meinem Bett aus dem Fenster fliege — immer, immer höher und bis in die Wolken. Unten sind Häuser und Lichter und Züge mit Betten, die fahren, die Giraffe fährt auch mit — aber ich fliege mit meinem Bett, fliege — fliege . . .

SIEGFRIED SOMMER

Die Rheuma-Farm

Endlich hat auch unsere Stadt eine Rheumatismusfarm, einen Campingplatz. Ein zartes Band aus Stacheldraht umgibt diesen städtischen Ischiasanger, damit die Touristen auch gleich wissen, daß sie in Deutschland sind.

Sie sind ein seltsames Völkchen, diese Bratkartoffel-Fellachen. Ruhelos fahren sie durch die Lande, von einer Gichtwiese zur anderen, leben von würfelförmigen Suppen, graugrünen Pulvern und gelegentlichen Kniebeugen. Wenn sie vor ihren gummierten Sandkisten sitzen, kommt manchmal ein weher Sehnsuchtszug nach den heimatlichen Kanapees in ihre hartgekochten Vierminutengesichter.

Die meiste Zeit verbringen sie mit Abspülen und dem Ineinanderschachteln ihrer vielseitigen Patentgeschirre. Morgens massieren sie sich gegenseitig mit hochprozentigem Weingeist die Glieder, in denen nachts die Gelenkstarre zu Gast war, und beim Dunkelwerden singen sie in düsterer Vorahnung auf die nächtliche Lagerfreude dumpfe Büßermelodien. In der wenigen freien Zeit, die ihnen übrigbleibt, überpinseln sie die pfenniggroßen Bremsenbisse, die Wundmale von Gevatter Erdfloh und die schüchternen Bohrversuche der gemeinen Wiesenkrätze mit köstlicher Jodlösung aus der nahen Apotheke. Der Besitzer dieses Karbolkaufhauses kann den drohenden Reichtum durch die Rekordumsätze von Schlafpulvern, Magentropfen und Kohletabletten kaum abwenden.

Wenn die Zeltler in harten, ruhelosen Nächten endlich ihren Leib der krummen Erdoberfläche einigermaßen angepaßt haben, fahren sie rasch wieder ab, neuen Freuden und Grasbukkeln entgegen.

Gleich am Eingang zum Auffanglager steht ein prunkvoller Bohnenstangerl-Bungalow mit zahlreichen Gaskochautomaten, auf denen die Erbswurstjünger ihr kräftiges Süpplein bereiten. Man beobachtet einen Schotten, der ein knochenförmiges Gericht mit Löwenzahnstengeln aus dem nahen Wiesenrain zu würzen versucht. Es muß sich wohl bei dem seltsamen Braten um einen alten Achsschenkelbolzen handeln, denn vergebens versucht der hungrige Fahrensmann, dieses Eisbein von Henry Ford mit der Gabel aufzuspießen. Schließlich kauft er in der Kantine ein Zehntel Leberkäs', das er mit großem Geschick unter seine fünfköpfige Familie aufteilt.

Nebenan kocht ein biederes Schwäblein gedörrte Pilze. Seine Frau macht auf dem anderen Brenner schon die Milch heiß als Gegenmittel. Nachher liegen die zwei mit ängstlich angezogenen Knien unter ihrem Sonnendach und warten auf das sichere Darmreißen. Mehrere leichtgestörte Endvierziger laufen mit neckischen Spielhöschen herum, während bei den meisten Campinesiern die Böden ihrer Trainingshosen auf halbmast wedeln.

Nahe am Lagerbach zerlegt ein bejahrter Wandervogel sein Motorrad. Jedesmal, wenn er eine Schraube ganz sorgfältig geputzt hinter sich legt, nimmt sie sein hoffnungsvoller sechsjähriger Sprößling und wirft sie freudig krächzend in das leise kichernde Wasser. In einer ziemlich schäbigen Stoffmansarde weiter oben liegt steif ein unbekannter Pfadfinder. Nur die bloßen Füße schauen heraus, schwarz wie Briketts. Vielleicht gehört der junge Mann zur Wandergruppe Ruhrgebiet.

Als abends der Mond den Zeltplatz inspiziert, sitzen ein Dutzend Wanderer um einen Gitarrespieler herum. Der spätgärige Jüngling spielt »Ich tanze mit dir in den Himmel hinein«, und ein mittelprächtiges Pärchen tut es auch, kommt jedoch nur tief in die nahen Brennesseln. Wie der Gast schon im Gehen ist, tönt ihm noch ein besonders hartnäckiges Campinglied nach: »Im Feldquartier auf hartem Stein . . .«

Zurück zur Natur Heinrich Zille

Wolfgang Hildesheimer

Eine größere Anschaffung

Eines Abends saß ich im Dorfwirtshaus vor (genauer gesagt, hinter) einem Glas Bier, als ein Mann gewöhnlichen Aussehens sich neben mich setzte und mich mit vertraulicher Stimme fragte, ob ich eine Lokomotive kaufen wolle. Nun ist es zwar ziemlich leicht, mir etwas zu verkaufen, denn ich kann schlecht nein sagen, aber bei einer größeren Anschaffung dieser Art schien mir doch Vorsicht am Platze. Obgleich ich wenig von Lokomotiven verstehe, erkundigte ich mich nach Type und Bauart, um bei dem Mann den Anschein zu erwecken, als habe er es hier mit einem Experten zu tun, der nicht gewillt sei, die Katz im Sack zu kaufen, wie man so schön sagt. Er gab bereitwillig Auskunft und zeigte mir Ansichten, die die Lokomotive von vorn und von den Seiten darstellten. Sie sah gut aus, und ich bestellte sie, nachdem wir uns vorher über den Preis geeinigt hatten, unter Rücksichtnahme auf die Tatsache, daß es sich um einen Second-hand-Artikel handelte.
Schon in derselben Nacht wurde sie gebracht. Vielleicht hätte ich daraus entnehmen sollen, daß der Lieferung eine anrüchige Tat zugrunde lag, aber ich kam nun einmal nicht auf die Idee. Ins Haus konnte ich die Lokomotive nicht nehmen, es wäre zusammengebrochen, und so mußte sie in die Garage gebracht werden, ohnehin der angemessene Platz für Fahrzeuge. Natürlich ging sie nur halb hinein. Hoch genug war die Garage, denn ich hatte früher einmal meinen Fesselballon darin untergebracht, aber er war geplatzt. Für die Gartengeräte war immer noch Platz.

H. E. Köhler

O Tannenbaum . . .

»Gott, wenn Sie auf Weihnachtsstimmung unbedingt Wert legen, können Sie sich dazu ja Tannennadelduft zerstäuben . . .«

Bald darauf besuchte mich mein Vetter. Er ist ein Mensch, der, jeglicher Spekulation und Gefühlsäußerung abhold, nur die nackten Tatsachen gelten läßt. Nichts erstaunt ihn, er weiß alles, bevor man es ihm erzählt, weiß es besser und kann alles erklären. Kurz, ein unausstehlicher Mensch. Nach der Begrüßung fing ich an: »Diese herrlichen Herbstdüfte ...« — »Welkendes Kartoffelkraut«, sagte er. Fürs erste steckte ich es auf und schenkte mir von dem Kognak ein, den er mitgebracht hatte. Er schmeckte nach Seife, und ich gab dieser Empfindung Ausdruck. Er sagte, der Kognak habe, wie ich auf dem Etikett ersehen könne, auf den Weltausstellungen in Lüttich und Barcelona große Preise erhalten, sei daher gut. Nachdem wir schweigend mehrere Kognaks getrunken hatten, beschloß er, bei mir zu übernachten, und ging den Wagen einstellen. Einige Minuten darauf kam er zurück und sagte mit leiser, leicht zitternder Stimme, daß in meiner Garage eine große Schnellzuglokomotive stünde. »Ich weiß«, sagte ich ruhig und nippte von meinem Kognak, »ich habe sie mir vor kurzem angeschafft.« Auf seine zaghafte Frage, ob ich öfters damit fahre, sagte ich nein, nicht oft, nur neulich nachts hätte ich eine benachbarte Bäuerin, die ein freudiges Ereignis erwartete, in die Stadt, ins Krankenhaus gefahren. Sie hätte noch in derselben Nacht Zwillingen das Leben geschenkt, aber das habe wohl mit der nächtlichen Lokomotivfahrt nichts zu tun. Übrigens war das alles erlogen, aber bei solchen Gelegenheiten kann ich oft diesen Versuchungen nicht widerstehen. Ob er es geglaubt hat, weiß ich nicht, er nahm es schweigend zur Kenntnis, und es war offensichtlich, daß er sich bei mir nicht mehr wohl fühlte. Er wurde ganz einsilbig, trank noch ein Glas Kognak und verabschiedete sich. Ich habe ihn nicht mehr gesehen.

Als kurz darauf die Meldung durch die Tageszeitungen ging,

daß den französischen Staatsbahnen eine Lokomotive abhanden gekommen sei (sie sei eines Nachts vom Erdboden — genauer gesagt vom Rangierbahnhof — verschwunden gewesen), wurde mir natürlich klar, daß ich das Opfer einer unlauteren Transaktion geworden war. Deshalb begegnete ich auch dem Verkäufer, als ich ihn kurz darauf im Dorfgasthaus sah, mit zurückhaltender Kühle. Bei dieser Gelegenheit wollte er mir einen Kran verkaufen, aber ich wollte mich in ein Geschäft mit ihm nicht mehr einlassen, und außerdem, was soll ich mit einem Kran?

Anhang

Quellenverzeichnis der Texte

Peter Paul Althaus

»Ich bin eine Blüte am Bischofshut...« / »Ich bin eine Dahlie...« aus »Laßt Blumen sprechen«, mit Genehmigung der Verlage Goverts-Krüger-Stahlberg GmbH, Stuttgart

Bertolt Brecht

»Herrn Keuner's Lieblingstier« aus »Kalendergeschichten«, mit Genehmigung des Gebrüder Weiss Verlags, Berlin

Hellmut von Cube

»Dreimal Milosch«, mit Genehmigung des Autors

Werner Finck

»Surrealistischer Vierzeiler« / »An Ruth« aus »Finckenschläge«, mit Genehmigung der Verlagsbuchhandlung F. A. Herbig, München

Rudolf Geck

»Mit Bären unterwegs« aus »Von Tieren und Menschen«, mit Genehmigung von Frau Maria Winkelmann und des Societäts Verlags, Frankfurt/M.

Oskar Maria Graf

»Geburtstagsrede zu seinem Sechzigsten von ihm selbst«, mit Genehmigung des Verlags Kurt Desch GmbH, München

Wolfgang Hildesheimer

»Eine größere Anschaffung« aus »Lieblose Legenden«, mit Genehmigung des Suhrkamp Verlags, Frankfurt/M.

Erich Kästner

»Die Zeit fährt Auto« aus »Kästners Gesammelte Schriften« / »Das Märchen vom Glück« / »Das Märchen von der Vernunft« aus »Der Tägliche Kram« / »Das Verhängnis« aus »Kurz und bündig«, mit Genehmigung des Autors und des Verlags Atrium AG, Zürich

Hermann Kesten

»Dr. Schatte« aus »Mit Geduld kann man sogar das Leben aushalten«, mit Genehmigung des Autors

Irmgard Keun

»Ich zaubere Wahrheit« aus »Das Mädchen, mit dem die Kinder nicht verkehren durften«, mit Genehmigung des Droste Verlags GmbH, Düsseldorf

Karl Kraus

»Wie in Deutschland die Unsittlichkeit zustande kommt und wie die Sitte spricht« aus »Widerschein der Fackel«, Karl Kraus: Werke Band 4, München: Kösel 1956

Manfred Kyber

»Lups« aus »Neue Tiergeschichten«, mit Genehmigung des Verlags Hesse & Becker, Rottach-Egern

Detlev von Liliencron

»Die Spieluhr« aus »Sämtliche Werke«, mit Genehmigung des Holsten-Verlags, Hamburg

Walter Mehring

»Die kleinen Hotels« / »An den Kanälen« aus »Arche Noah SOS«, mit Genehmigung des Autors

Gustav Meyrink

»Die Geschichte vom Löwen Alois« aus »Des deutschen Spießers Wunderhorn«, mit Genehmigung des Albert Langen Georg Müller Verlags GmbH, München

Christian Morgenstern

»Das Gebet« / »Möwenlied« aus »Das aufgeklärte Mondschaf«

Ernst Penzoldt

»Über den Humor« aus »Die Liebende und andere Prosa aus dem Nachlaß«, mit Genehmigung des Suhrkamp Verlags, Frankfurt/M.

Alfred Polgar

»Die Uniform« aus »Auswahlprosa aus vier Jahrzehnten«, Rowohlt Verlag, Reinbek b. Hamburg 1968

Sigismund von Radecki

»Karl Valentin« / »Karl Valentin und Otto Reutter« aus »ABC des Lachens«, mit Genehmigung des Jakob Hegner Verlags, Köln

Joachim Ringelnatz

»Im Park« / »Sich interessant machen (Für einen großen Backfisch)« aus »Die Schnupftabaksdose« / »...und auf einmal steht es neben dir«, mit Genehmigung des Karl Heinz Henssel Verlags, Berlin

Eugen Roth

»Altes Volksmittel« aus »Der Wunderdoktor« / »Das Schlimmste« / »Auto-Mobilmachung« aus »Gute Reise«, mit Genehmigung des Carl Hanser Verlags, München

Hermann Harry Schmitz

»Die Bahnhofsmission« aus »Der Säugling«

Leo Slezak

»Lohengrin« aus »Meine sämtlichen Werke — Der Wortbruch«, mit Genehmigung des Rowohlt Verlags, Reinbek b. Hamburg

Siegfried Sommer

»Die Rheuma-Farm«, mit Genehmigung des Autors

Heinrich Spoerl

»Freischaffend« aus »Ich vergaß zu sagen«, mit Genehmigung des R. Piper & Co. Verlags, München

Ludwig Thoma

»Das Volkslied« aus »Gesammelte Werke Band IV«, mit Genehmigung des R. Piper & Co. Verlags, München

Kurt Tucholsky

»Wenn die Igel in der Abendstunde« / »Werbekunst oder der Text unsrer Anzeigen« aus »Gesammelte Werke«, erschienen im Rowohlt Verlag GmbH, Reinbek b. Hamburg

Siegfried von Vegesack

»Der Zartbeseelte« aus »Kleines Handgepäck«, mit Genehmigung des Albert Langen Georg Müller Verlags GmbH, München

Frank Wedekind

»Der Verführer«, mit Genehmigung des Albert Langen Georg Müller Verlags GmbH, München

Carl Zuckmayer

»Ins Kinder-Tagebuch« / »Das Essen« aus »Gedichte«, mit Genehmigung des S. Fischer Verlags GmbH, Frankfurt/M.

Quellenverzeichnis der Abbildungen

Karl Arnold

Seite 84, 110, aus »Hoppla, wir leben!« Die 14 Jahre der Weimarer Republik in Bildern

Bele Bachem

Seite 38, 104, aus »Lächeln — aber lila«

Franziska Bilek

Seite 87, aus »Franziska Bileks heitere Welt«

Eugen Croissant

Seite 5, aus Eugen Roth »100 Jahre Humor in der deutschen Kunst«

Lyonel Feininger

Seite 113, aus Eugen Roth »100 Jahre Humor in der deutschen Kunst«

Paul Flora

Seite 155, aus Eugen Roth »100 Jahre Humor in der deutschen Kunst«

Olaf Gulbransson

Seite 32, 44, 69, 94, 100, 123, 148, 151, aus »50 Jahre Humor« / »Ach, wüßtest du ...« / »Das auch noch!«

Eugen Kirchner

Seite 18, aus Eugen Roth »100 Jahre Humor in der deutschen Kunst«

Fritz Koch-Gotha

Seite 61, aus Eugen Roth »100 Jahre Humor in der deutschen Kunst«

H. E. Köhler

Seite 139, 198, aus »Pardon wird nicht gegeben«

Manfred Limmroth

Seite 43, 167, aus »Rathgeber in allen Lebenslagen«

E. O. Plauen (Erich Ohser)

Seite 13, 91, 142, aus »Heiteres von E. O. Plauen«

Albert Schaefer-Ast

Seite 145, aus Eugen Roth »100 Jahre Humor in der deutschen Kunst«

Mirko Szewczuk

Seite 97, aus »Szewczuks kleines Welttheater«

Eduard Thöny

Seite 50, 55, 116, 132, aus »Kokotten, Bauern und Soldaten«

Walter Trier

Seite 80

Heinrich Zille

Seite 74, 174, 196, aus »Das Große Zille-Album«